KB127808

종남마검 편 **만학검전**

FANTASTIC ORIENTAL HEROES

한성수 新무협 판타지 소설

만학검전(晚學劍展) 5

초판 1쇄 찍은 날 § 2017년 12월 4일
초판 1쇄 펴낸 날 § 2017년 12월 11일

지은이 § 한성수
펴낸이 § 서경석

총괄팀장 § 최하나
편집 § 김경민 이종식

펴낸곳 § 도서출판 청어람
등록번호 § 제387-1999-000006호
등록일자 § 1999. 5. 31
어람번호 § 제2-2732호

주소 § 경기도 부천시 부일로 483번길 40 서경B/D 3F (우) 14640
전화 § 032-656-4452 팩스 § 032-656-4453
http://www.chungeoram.com
E-mail § chungeorambook@daum.net

ISBN 979-11-04-91559-8 04810
ISBN 979-11-04-91455-3 (세트)

만학검전 종남마검 편

FANTASTIC ORIENTAL HEROES

한성수 新무협 판타지 소설

5

도서출판 청어람

만학검전

종남마검 편

目次

第一章

십 년! 강산이 변할 만한 세월이다!

"마지막으로 묻겠소! 이현 학사, 소관을 따라 진무사를 만나러 가시겠소?"

"내 뜻은 이미 밝혔을 텐데?"

'말까지 짧아지다니!'

내심 울컥한 심정이 된 양홍걸이 결국 높이 추어올린 손을 내리려 할 때였다.

"잠깐만!"

'이 목소리는……?'

양홍걸은 내려뜨리려던 손을 억지로 멈추고서 버럭 소리

질렀다.

"사격 중지! 사격 중지!"

'왜?'

악영인이 의아한 표정을 지어 보일 때였다.

슥!

문득 이현과 양홍걸 사이로 한 명의 백의 궁장 미인이 떨어져 내렸다.

그러자 양홍걸이 얼른 그녀에게 군례를 취해 보였다.

"진무사 대인!"

주목란이 양홍걸을 돌아보며 미미하게 고개를 끄덕여 보였다.

"수고했어."

"소관은……."

"잠시 뒤로 물러나 있도록!"

"…존명!"

양홍걸이 복명과 함께 뒤로 물러섰다. 허리를 깊숙이 숙인 채 뒤로 물러서는 게 흡사 무릎걸음으로 후퇴하는 듯하다.

그러나 이미 주목란은 양홍걸에 관심이 없다.

고개를 돌려 물끄러미 이현을 바라본 주목란의 입가에 가벼운 한숨이 매달렸다.

"이 대가, 어쩌다 그렇게 되었나요?"

'이, 이 대가?'

악영인의 눈이 동그래졌다. 주목란이 이현을 지칭하는 말투가 지나칠 정도로 친근했기 때문이다.

그러자 이현이 천천히 고개를 끄덕여 보였다.

"어느 날 갑자기 깨달음을 얻었지."

"그래서 반로환동이라도 하신 건가요?"

"반로환동이라기보다는 환골탈태에 가깝지 않을까?"

"흐응."

주목란이 묘한 콧소리와 함께 고개를 살짝 갸웃거려 보였다. 이현이 한 말이 그다지 탐탁지 않은 듯하다.

그러나 잠시뿐이다.

곧 평상시와 같이 속내를 읽기 힘든 표정을 회복한 주목란이 살짝 손을 저어 보였다. 양홍걸을 비롯해 이곳에 모여든 금의위 병력 모두를 물러나게 명령한 것이다.

사삭!

사사사사삭!

그렇게 양홍걸과 금의위 병력 모두가 모습을 감추자 주목란이 이현에게 다가와 얼굴을 그에게 확 들이댔다.

"그래서 갑자기 새 인생을 살기로 마음먹은 건 무슨 이유 때문인가요? 십 년 전에 그렇게 내가 입조(入朝)하라고 해도 들은 척도 하지 않더니, 갑자기 뒤늦게 입신양명(立身揚名)이라도 꿈꾸게 된 건가요?"

"그런 대화를 나누기에 이곳은 좀 부적합한 것 같지 않아?"

"확실히……."

나직이 말꼬리를 흐린 주목란이 그제야 악영인을 발견한 듯 입가에 고혹적인 미소를 매달았다.

"…혹시 산동악가의 4남인 무산 공자가 맞나요?"

"그, 그렇습니다."

"어머, 정말 잘생기셨네요? 아니, 잘생겼다기보다는 아름답게 생기셨군요."

"……."

"그런데 내가 알기로 산동악가에는……."

"진무사 대인!"

"…예, 왜 그러시죠?"

"본가와 관계된 일은 밖에 알리기 어려운 점이 있습니다. 그러니……."

"어머! 이 대가와 함께하고 있는 악 공자의 태도가 워낙 친밀해 보여서 그만 결례를 범했네요. 그럼 그 얘기는 나중에 하기로 하고, 악 공자께 한 가지 부탁할 게 있군요."

"…말씀해 주십시오!"

어느 때보다 진지하게 대답하는 악영인을 향해 다시 미소 지은 주목란이 말했다.

"서안성에 일이 있어 오던 중에 한 명의 예쁜 동생을 사귀게 되었어요. 그 동생이 악 공자와 꼭 자리를 함께하길 바라더군요."

"혹시 그 동생이란 분이 천룡검후……"

"예, 맞아요."

"……."

악영인의 표정이 흙빛으로 변했다. 지금 그가 가장 만나고 싶지 않은 사람 한 명을 꼽으라면 바로 천룡검후 모용조경일 터였기 때문이다.

그러나 이미 그녀는 주목란에게 확실한 약점을 잡혔다. 그녀가 좌로 가라면 좌로 가고, 우로 가라면 우로 갈 수밖에 없었다.

내심 한숨을 내쉰 악영인이 말했다.

"천룡검후는 어디에 있습니까?"

"저쪽 길로 쭉 가다가 오른쪽 골목으로 들어서면 '다정다관'이란 곳이 있어요. 그곳에서 일각이 여삼추처럼 조경 동생이 기다리고 있으니 얼른 가보도록 하세요."

"형님, 저기… 나중에 뵙도록 하겠수!"

"어."

죽상이 된 악영인을 쳐다보며 이현이 가볍게 대답했다. 이미 악영인은 그의 안중에 없는 듯하다.

그러자 악영인이 잠시 서운한 표정을 짓고 떠나갔다.

멀어져 가는 악영인 쪽을 힐끔 쳐다본 주목란이 이현에게
말했다.

"그럼, 우린 조용히 대화를 나눌 곳으로 갈까요?"

"그러든지."

이현이 퉁명스러운 대답과는 달리 얌전하게 주목란을 따라
움직였다.

잠시 후.

이현과 주목란은 손님이 한 명도 없는 작은 다점에 마주
앉아 있었다.

작은 탁자 위에는 상급의 용정차 한 주전자와 꿀에 절여진
대추, 몇 가지 과자가 놓여 있었다.

슥!

반사적으로 과자에 손을 뻗으려던 이현이 못마땅한 표정으
로 동작을 멈췄다. 자신을 바라보며 싱글벙글하고 있는 주목
란이 마음에 들지 않았기 때문이다.

"내 얼굴에 뭐라도 묻었어?"

"잘생김이 묻었네요."

"뭐?"

황당한 표정이 된 이현에게 주목란이 입술을 살짝 내밀어

보였다.

"아니다! 이건 그리 좋은 일이 아니네!"

"혼자 말하고, 혼자 대답하고……"

"그게 싫나요?"

"…좋을 건 없지."

"그럼 왜 도망갔어요?"

"내가 언제 도망갔다는 거야!"

이현이 슬쩍 언성을 높이자 주목란의 고혹적인 얼굴에 표독한 기운이 서렸다.

"십 년 전 북경에서 도망갔잖아요!"

"그게 어딜 도망이야! 그냥 볼일이 끝났으니 작별을 고한 거지."

"아하! 천하의 명성 높은 마검협은 작별을 그렇게 야반도주로 하는구나!"

"조용히 해! 남들이 들으면 어쩌려고 그래?"

"남들이 들으면 뭐 어때서요?"

"그야……"

이현이 할 말이 궁해져 입을 다물자 주목란의 갈색 눈이 반짝였다.

"흐응, 역시 신분을 속이고 있는 거구나?"

"마검협 신분으로 대과를 볼 수는 없으니까."

"그래서 갑자기 무슨 바람이 불어서 천하의 마검협이 대과 따윌 볼 마음이 든 거예요? 설마 뒤늦게 나한테 돌아와서 전날의 무례를 정중하게 엎드려 빌기 위해서······."

"일 리가 있겠냐!"

"···쳇! 좋다 말았네!"

진심으로 애석한 표정을 지어 보인 주목란이 고개를 까닥여 보였다.

이현이 그런 그녀를 잠시 바라보다 화제를 돌렸다.

"그러는 그쪽은 어째서 고귀한 군주의 신분으로 금의위 따위를 하게 된 거요?"

"갑자기 말투 바뀌네요?"

"그동안 공맹의 도리란 걸 배우고 익혔거든."

"······."

주목란이 이현의 뻔뻔스러운 말에 기가 막힌 표정을 지어 보였다.

'십 년이나 지났는데도 이 남자는 전혀 변함이 없구나! 당시 날 무뢰배들로부터 구해줄 때처럼 거침없고, 어떤 권력이나 무력에도 굴함이 없어!'

주목란의 뇌리로 십 년 전, 이현을 처음 만났을 때가 떠올랐다.

방년 17세의 군주!

어렸을 때부터 익힌 무공만을 믿고 몰래 왕부를 빠져나와 강호행에 나섰다. 사부로 모시고 있던 황실 최고의 고수에게 천고의 기재란 말을 듣고 기고만장해졌던 게 사실이었다.

당연히 철없는 군주의 첫 번째 강호행은 험난함, 그 자체였다.

타고난 미모를 남장으로 가렸으나 금세 여자인 게 들통나 무수히 많은 음적과 색마들을 피해 도망 다녀야만 했다. 몇 차례 정식으로 맞붙었다가 박살이 나자 그들 중 몇 명이 음약을 동원한 암수를 사용하기 시작했던 것이다.

하지만 사부의 말처럼 천고의 기재답게 주목란은 용케도 그 같은 고난을 피해 다녔다. 몇 번 정도 위기에 봉착하긴 했으나 여인답지 않게 담대한 성격과 총명함을 십분 발휘해서 봉변을 당하는 단계까진 가지 않았다.

그러나 갑자기 주목란은 위기에 봉착했다.

그녀의 정체를 눈치챈 암중 세력들이 은밀히 따라붙기 시작한 것이다.

몇 번의 혈투 끝에 주목란은 포로가 되었다.

꼼짝없이 봉변을 당하기 직전까지 몰려 버렸다.

그때 거짓말처럼 나타나 그녀를 위기에서 구해준 게 바로 이현이었다.

그는 압도적인 무력과 무자비함을 발휘해 주목란을 구했고,

북경의 왕부까지 착실히 호위무사 노릇을 했다.

후일 알아보니, 자신의 무단 가출에 책임감을 느낀 사부의 소행이었다. 황제의 호위 때문에 절대 북경을 떠날 수 없었던 처지인 사부가 평소 친분이 있던 종남파의 전대 장문인 풍현진인에게 부탁해 주목란을 찾게 했던 것이다.

'내게 끝까지 말하지 않았지만, 사부님은 풍현진인에게 꽤 엄한 부탁을 했을 거야. 혹시라도 내게 문제가 발생하면 그 일 자체를 없던 걸로 만들어야 했을 테니까.'

그날 이후 얼굴에 주름살이 몇 개 정도 더 늘어난 사부를 떠올리며 주목란은 입가에 고소를 매달았다. 문득 황실의 군주란 신분을 포기하고 금의위에 투신한 이유 중 하나인 눈앞의 사내와 사부를 만나게 하고 싶다는 생각이 들었다.

"이 대가, 천하제일인이 되고 싶다던 꿈은 어떻게 됐어요?"

"현재에도 계속 진행 중이오."

"비검비선대회! 내년에 열리잖아요?"

"그렇지."

"그래서 종남파 조사동에서 폐관수련 중이었잖아요?"

"그랬지."

"탈출한 거예요?"

"어."

너무 쉽게 나온 이현의 대답에 주목란이 참지 못하고 웃음을 터뜨렸다.

"푸핫! 그런 거 이렇게 쉽게 말해줘도 되는 거예요?"

"친구니까."

"친구?"

"그래, 주 군주와 나는 십 년 전부터 친구잖아. 함께 생사고락을 함께했던."

"남녀 사이에 친구란 게 존재할 거 같아요?"

"나는 존재한다고 생각해."

"나는 존재할 수 없다고 생각해요!"

"……"

주목란의 단호한 대답에 이현이 입을 다물었다. 그녀가 이렇게 나오자 할 말이 없어진 것이다.

주목란이 말했다.

"하지만 이 대가가 날 친구라 말해주니, 기분은 썩 나쁘지 않네요."

"그럼 눈감아 줄 거야?"

"뭐, 눈감아 주고 말 것도 없죠. 이 대가가 죄를 진 건 종남파이지 저하고 황실은 아니니까요. 하지만 이 대가, 이런 식으로 헛된 시간을 보내고 비검비선대회에서 운검진인을 꺾을 수 있겠어요?"

"그건 자신 있어. 근래에 꽤 큰 심득을 얻어서 무학이 한 단

계 상승했거든."

"그런가요?"

"어."

잠시 이현을 바라보던 주목란이 미미하게 고개를 저어 보였다.

"그런데 저는 이 대가가 과거보다 강해 보이지 않네요."

"그게 바로 평범함 속에 비범함이 있는 거라고 할 수 있는 거야. 주 군주가 절대지경에 오른 무인을 보지 못해서 그런 말을 하는데……."

"그럼 확인시켜 주시겠어요?"

"…뭘?"

"직접 이 대가가 나한테 그 평범함 속에 비범함이란 걸 확인시켜 주시겠냐고요?"

도발적인 주목란의 말에 이현이 슬쩍 미간을 찌푸려 보였다.

기분이 나빠서?

아니다.

그가 느낀 건 위압감이었다. 느닷없이 자신의 앞에 앉아 있는 주목란이란 여인에게서 흘러나오는 무형지기가 심상치 않다는 걸 깨달은 것이다.

'십 년인가…….'

강산이 변할 만한 세월이다.

그동안 이현도 변했고, 눈앞의 주목란도 변했다.

한 명은 마검협에서 학사로. 다른 한 명은 청순한 무림초출에서 초고수만이 일으킬 수 있는 무형지기를 다루는 금의위의 진무사로 말이다.

과연 어떤 사람의 변화가 더 놀라운 걸까?

'…뭐, 놀랍긴 하군.'

이현은 선선히 주목란의 변화에 당황한 자신을 인정했다.

칼날같이 파고드는 그녀의 무형지기!

진짜 칼날을 목 아래에 갖다 댄다 해도 이만큼 이현을 긴장시킬 순 없을 것 같다.

이현과 주목란!

단 두 명만이 존재하는 다점의 내부.

어느새 꽉 찼다.

다른 사람이 아닌 주목란이 발출한, 칼날이 무색한 무형지기에 의해 완전무결하게 장악당했다.

초절정!

그렇다.

바로 그것이다.

지금 주목란이 발하고 있는 무형지기가 말해주는 건 바로 그걸 의미했다. 놀랍게도 이현의 바로 앞에 앉아 있는 이 고귀한 혈통의 미녀는 무림에서 손꼽을 만한 무공을 지난 십 년 만에 갖추게 된 것이다.

당연하달까?

순간적으로 다점을 가득 메운 주목란의 무형지기가 천천히 응축되었다.

그렇게 형성된 무형의 칼날!

곧바로 이현을 조준한다.

그를 향해 섬뜩한 독아를 드러낸 채 당장이라도 미간 사이를 관통할 것만 같다.

그러나 바로 그때였다.

짝!

이현이 가볍게 손뼉을 치자 거짓말처럼 그를 노리던 무형의 칼날이 자취를 감춰 버렸다. 주목란이 방출했던 무형지기가 모조리 흩어져 버린 것이다.

"흐응!"

주목란이 입가에 묘한 미소를 띠며 다구를 들어 올려 차를 한 모금 마셨다.

"뭐가 과연이란 거요?"

다구를 입에서 뗀 주목란이 고개를 갸웃해 보였다.

"잘 모르겠네요."

"어떤 걸 잘 모르겠다는 거요?"

"이 대가가 말한 평범함 속에 비범함이란 거요."

"그럼 직접 확인해 보던가?"

"뭐, 그것도 하나의 방법이겠군요. 하지만 오늘은 오랜만에 만난 이 대가와 다투고 싶진 않군요."

"그거 잘됐군."

이현이 활짝 웃어 보이고 자리에서 일어섰다.

"뭐 하시는 거예요?"

"주 군주가 나와 다투고 싶지 않다고 했으니까 이만 돌아가 보려고."

"바쁜 일이라고 있는 모양이로군요?"

"어."

"그 바쁜 일이 식년과와 관련된 게 아니기를 바라겠어요."

"……"

이현이 잠시 주목란을 바라보다 도로 자리에 앉았다. 문득 그녀가 십 년 전 만났던 철없는 군주가 아니라 금의위의 서열 2위 진무사임을 떠올렸기 때문이다.

주목란의 입가에 만족스러운 표정이 떠올랐다.

"과연 그렇군요."

"뭐가 그렇다는 거요?"

"이 대가에게 이번 식년과는 생각 이상으로 중요하단 걸 알았다는 거예요."

"그렇게 중요하진 않소만."

"거짓말."

나긋나긋한 목소리로 이현의 말을 반박한 주목란이 그를 향해 눈짓해 보였다.

"이 대가, 지금 검미가 살짝 떨리고 있어요."

"그게 뭐……."

"거짓말이나 마음에 없는 소리를 할 때 이 대가가 보이는 버릇이에요."

"……."

이현이 얼른 검미의 떨림을 거둬들였다.

보통 사람이라면 불가능할 테지만 그는 가능했다. 내공의 힘을 조금만 빌리면 되는 것이다.

주목란이 말했다.

"그러실 필요 없어요. 어차피 이 대가에 대한 거라면 그 외에도 아주 많이 알고 있으니까요."

'어떻게?'

이현은 불쑥 입에서 튀어나오려던 의문을 삼켰다. 왠지 주목란의 의도대로 끌려가는 듯한 기분이 들었기 때문이다.

그러자 주목란이 배시시 웃어 보였다.

"그렇게 저한테 경계심을 품으실 필요 없어요. 본래 우리 금의위의 주요 업무 중 하나가 강호 무림의 대문파와 절정급 이상 고수의 동향 파악이니까요."

"종남파를 감시했다는 건가?"

말투가 변한 이현에게 주목란이 별것 아니란 투로 말했다.

"화산파와 북궁세가 정도는 아니니까 너무 걱정 마세요."

"……."

이현은 내심 울컥하고 분노가 치밀어 오르려는 걸 억지로 참았다.

그러고 보니 그동안 목연을 스승 삼아 글공부한 게 조금쯤 도움이 되는 것 같다.

과거 같았으면 제아무리 상대가 금의위의 진무사이자 고귀한 군주라 해도 이런 말을 듣고 그냥 참을 이현이 아니었으니 말이다.

주목란도 그 점에 주목한 듯싶다.

갈색 눈을 가볍게 반짝인 그녀가 말했다.

"정말 이 대가는 많이 변한 것 같군요. 과거의 불같은 성질을 이젠 찾아볼 길이 없네요. 사실 갑자기 이 대가가 종남파를 떠났다는 말을 들었을 때 저는 곧바로 화산파로 향할 거라고 생각했어요. 그 외에 이 대가가 폐관수련을 끝낼 만한 이유는 없으리라 본 거지요."

"……."

"그런데 이 대가는 화산파가 아니라 고향인 풍현으로 돌아갔더군요. 이가장이었던가요?"

'쳇! 진짜로 나에 대한 모든 걸 알고 있구만.'

내심 혀를 찬 이현이 천천히 고개를 끄덕여 보였다. 어차피 주목란이 자신의 뒷조사를 모두 끝낸 후 서안에 찾아왔음을 알았기 때문이다.

주목란이 말을 이었다.

"안타깝게도 이 대가의 부친 되시는 이정명 대학사께서는 근래 건강에 문제가 생겨서 두문불출(杜門不出)하고 계신 듯하더군요. 아마 그게 이 대가가 갑작스럽게 대과를 준비하게 된 이유일 테지요?"

"……."

"하지만 얼마 후 숭인학관에 모습을 드러낸 이 대가는 이상하게도 외모가 변하셨더군요. 뭐, 저야 이 대가와 십 년 전에 인연을 맺었기에 현재의 젊은 용모가 오히려 익숙하지만 그동안 섬서성 쪽에서 활동하던 금의위의 정보책들은 한동안 꽤 혼란스러워한 모양이에요. 이 대가가 종남파에서 폐관수련에 들어가기 전에 파악했던 용모파기와 완전히 딴사람이 되었으니까요."

"……."

"그래서 저는 생각했어요. 이 대가가 폐관수련 동안 커다란 무학적 성취를 얻어서 환골탈태라도 했나 보다 하고요. 그런데 오늘 이렇게 만나보니 그런 것도 아닌 것 같네요?"

"어째서 그렇게 생각하는 거요?"

주목란의 얘기를 묵묵히 듣고만 있던 이현이 오랜만에 반문을 제기하자 그녀가 어깨를 가볍게 추어 보였다.

"글쎄요?"

"글쎄요?"

이현이 짜증스러운 표정을 지어 보이자 주목란이 주의를 줬다.

"그런 태도, 좋지 않아요!"

"왜?"

"절 화나게 하면 이 대가는 반드시 식년과에서 떨어질 테니까요."

"……"

움찔하는 이현을 향해 주목란이 손가락질 하며 즐거운 표정을 지었다.

"거봐! 역시 이 대가는 변했어요! 그리고 그걸 지금부터 저는 차근차근 알아봐야겠어요!"

"뭘 어쩌려고……."

"이 대가 일어서세요."

"…왜?"

"저는 서안성이 초행이에요. 진무사로서 비밀리에 민정 사찰을 해야 하니까 이 대가가 호위무사가 되어주세요! 십 년 전처럼 말이에요!"

이현이 해사하게 미소 짓고 있는 주목란을 바라보며 눈살을 찌푸려 보였다.

왠지 그녀에게서 오늘 쉽사리 빠져나가지 못할 것 같다는 느낌이 들었다. 십 년 전, 그녀를 호위하면서 무수한 고난을 헤치며 북경으로 향했던 때처럼 말이다.

하지만 이현의 현 상황을 말하자면 기호지세(騎虎之勢)나 다름없다고 할 수 있었다.

금의위의 진무사이자 황실의 군주인 주목란은 결코 호락호락한 상대가 아니었다.

철두철미하게 이현에 대한 파악을 끝마치고 서안에 온 그녀의 요청을 거절한다는 건 정말 바보 같은 짓일 터였다. 3일 후에 치러질 식년과를 배제하고 생각해도 그러했다.

빠르게 현실을 받아들인 이현이 자리에서 일어섰다.

"그럼 어디로 모시면 되겠소?"

"어머? 공손해라!"

"지금부터 우리는 친구가 아니니까."

"친구가 아니면 뭐죠?"

"공적인 사이랄까?"

"흐응."

주목란이 노골적으로 자신과 선을 긋는 이현을 묘하게 바라보곤 고개를 끄덕여 보였다.

"뭐, 그럼 일단 서안의 명물인 화청지(華淸池)부터 가보도록 할까요?"

"화청지?"

"잘 모르시죠?"

"그렇소. 나 역시 서안은 초행이니까."

"그래서 제가 안내인을 한 명 데려왔답니다. 그러니까 이 대가는 그냥 호위무사의 역할만 충실히 수행하시면 돼요."

'허! 아주 철저하게 준비했구나!'

이현이 내심 혀를 차며 고개를 가로저었다. 과연 오늘 안으로 주목란의 마수로부터 벗어날 수 있을지 장담할 수 없게 된 것이다.

            *   *   *

다정다관.

주목란의 말대로 그곳에는 천룡검후 모용조경이 그림처럼 앉아서 차를 마시고 있었다.

'하아! 어쩌자고 모용 소저는 서안까지 우릴 따라왔는지……'

다관에 들어서자마자 모용조경을 확인한 악영인이 내심 한숨을 내쉬었다.

모용조경이 숭인학관에 나타난 후 악영인은 매일이 가시방석이나 다름없었다.

그녀가 악영인에게 내세운 혈맹지약!

그것은 선대로부터 산동악가와 고소 모용가 간에 맺어진 끈끈한 혈맹의 약속이었다.

당연히 백 년 전만 해도 산동악가와 고소 모용가는 꽤 강고한 혼맥으로 얽혀 있었다. 엄밀히 말해 악영인의 몸속에도 모용가의 피가 어느 정도는 흐른다고 할 수 있는 것이다.

하물며 모용조경은 악영인의 쌍둥이 오빠인 악무산의 태중 정혼녀였다. 악무산에게 깊은 마음의 짐을 느끼고 있는 악영인이 모용조경의 출현으로 느끼는 부담감이 어떠할지는 미뤄 짐작할 수 있을 터였다.

그래서 그녀는 줄곧 모용조경을 피해왔다.

그녀가 동쪽으로 가면 서쪽으로 방향을 돌리고, 서쪽에서 걸어오면 동쪽으로 뛰어갔다. 어떻게든 모용조경과 함께 있는 일이 없게 주의하다 이번 서안행에 나섰다고 할 수 있었다.

그런데 서안에 도착한 첫날 이렇게 딱 마주칠 수밖에 없게 될 줄이야!

다관의 문가에 서서 차마 걸음을 내딛지 못하고 있는 악영인을 향해 모용조경이 시선을 돌렸다.

"악 공자, 그렇게 계속 서 계시기만 할 건가요?"

모용조경의 고운 얼굴에 서려 있는 짜증을 읽은 악영인이 어깨를 축 늘어뜨렸다.

"가겠소! 갈 것이오!"

목청을 높였으나 힘이 나질 않는다. 드디어 그녀는 모용조경과 단둘이만 남게 된 것이다.

착!

악영인이 맞은편 자리에 앉자 모용조경이 찻주전자를 들어 그의 다구에 찻물을 따랐다.

"생각보다 차 맛이 괜찮더군요."

"그보다……."

"진무사 대인에 대해 물으려는 거면 드릴 말이 없네요."

"…어째서 그런 것이오?"

"저도 서안으로 향하던 중 우연찮게 마차를 얻어 탔을 뿐이니까요."

"그건 말이 되지 않는 것 같소만?"

"저도 그다지 말이 된다는 생각은 들지 않아요. 하지만 그게 사실이니 달리 드릴 말이 없네요."

"……."

악영인이 짜증 어린 표정을 하고 차를 마셨다. 적당히 식어 있는 차 맛이 확실히 나쁘지 않다.

그때 모용조경이 맑은 눈에 얼핏 살기를 담으며 말했다.

"악 공자는 그동안 생각해 봤나요?"

"무얼 말하는 것이오?"

"본가와 악가 간에 맺은 혈맹지약 말이에요!"

아! 그놈의 혈맹지약!

악영인은 이제 혈맹지약의 '혈'자만 들어도 짜증이 치밀어 오를 지경이었다. 어째서 여자인 자신이 모용조경의 정혼자가 되어야만 한다는 건가.

'하지만 이미 내 위로 형님들은 모두 일가를 이룬 상태다. 모용가 정도 되는 명문가의 여식이 후처가 될 생각은 없을 터이니, 결국 내가 덮어쓸 수밖에 없는 형국이로구나!'

내심 한탄한 악영인은 독해지기로 했다.

"모용 소저, 본가와 모용가가 맺은 혈맹지약은 이미 과거의 이야기일 뿐이오! 나는 절대로 선대의 약속 따위로 혼처를 정할 생각이 없으니, 모용 소저가 양해해 주셨으면 고맙겠소!"

"그렇군요. 악가와 모용가의 혈맹지약은 이미 깨진 거울처럼 다시 이어붙일 수 없게 된 것이로군요."

"그렇소! 그러니까……."

부연 설명을 덧붙이려던 악영인이 움찔한 표정이 되었다. 얼음과 옥으로 빚은 듯한 설부화용(雪膚花容)의 미모를 지닌 모용조경의 얼굴에 떠오른 처연한 분위기 때문이었다.

'…내가 죽을 놈이 된 거 같잖아!'

그러나 그것도 잠시뿐.

곧 평상시와 다름없는 적당한 차가움을 회복한 모용조경이 갑자기 일어나 손으로 자신의 소매를 잘랐다.

펄렁!

그녀가 자른 소매 한 조각이 탁자 위에 떨어져 내렸다.

"소매를 잘라……."

"…인연을 끊는다!"

악영인의 중얼거림을 모용조경이 받았다. 그리고 그녀가 서늘한 시선으로 말했다.

"지금 이 순간부터 악가와 모용가의 혈맹지약은 과거의 것이 되었어요!"

"모용 소저……."

"그러니 우리 두 사람 간의 태중 혼약 역시 무효예요! 악 공자와 저는 완전한 남남이 된 것이에요!"

"……."

"그 점에 불만 있나요?"

"없소! 절대로 없소!"

"좋아요. 그럼 우리 이만 헤어지도록 하죠."

"그, 그래도 되겠소?"

"물론이에요. 우리는 남남이니 굳이 함께 자리를 하고 있을 이유가 없지요."

"……"

잠시 모용조경을 미안한 표정으로 바라보던 악영인이 자리에서 일어나 그녀에게 공수했다. 진심을 담아서 마지막 예의를 차려 보인 것이다.

그러나 그는 알까?

오늘의 이 만남이 절대 끝이 아닐 것임을.

잠시 후.

악영인이 다정다관을 떠난 후에도 홀로 자리를 차지하고 앉아 있던 모용조경 앞에 혈갈 진화정이 모습을 드러냈다. 멀찍이 떨어져서 눈치를 살피다가 악영인이 사라지자 모용조경에게 달려온 것이다.

"모용 동생, 일은 잘 마무리 지었나요?"

'모용 동생?'

모용조경이 진화정을 차갑게 바라봤다. 그러자 진화정이 움찔한 표정이 되었다. 진무사 주목란과 자신을 확실히 차이 나게 대하는 모용조경의 태도를 재빨리 읽어냈기 때문이다.

'못된 년! 내가 결정적인 정보를 무상으로 알려줬는데 이렇게 괄시를 하다니!'

내심 화가 치밀어 올랐으나 진화정은 얼른 표정 관리에 들어갔다. 눈앞의 모용조경이 주목란이 마음에 들어 하는 사람일뿐더러 자신으로선 결코 감당할 수 없는 고수임을 알고 있었다. 은연중 나이가 많은 걸 내세워 언니 노릇을 하고 싶었으나 그녀가 아는 무림에서는 그런 건 그다지 통용되지 않았다.

"아차! 미안해요! 모용 소저!"

진화정이 얼른 호칭을 변경하자 모용조경이 차가운 시선을 거둬들였다.

"다음부터는 조심해 주세요."

'이년이 보자보자 하니까 내가 보자기로 보이나!'

그러나 진화정은 울컥한 심사를 얼굴에 드러내지 않았다. 무공이 딸리는 걸 어쩌겠는가? 그냥 열심히 무공을 익히지 않은 걸 탓할 수밖에 없겠다.

그때 모용조경이 일어섰다.

움찔!

진화정은 자신도 모르게 뒤로 몇 걸음 물러섰다. 그냥 모용조경이 의자에서 일어난 것뿐인데, 온몸이 덜덜 떨려온다. 그녀의 몸에서 자연스럽게 일어난 기파조차 감당할 수 없었기 때문이다.

그러거나 말거나 모용조경은 신형을 돌려 다정다관을 빠져

나갔다.

그러자 진화정이 자신의 머리를 주먹으로 때리고 얼른 그녀의 뒤를 따라 나섰다.

"모용 소저, 같이 가요!"

"어째서 절 따라오시는 거죠?"

"그야 진무사 대인에게 명령을 받았기 때문이지 뭐겠어요?"

"진무사 대인께서요?"

"맞아요. 진무사 대인께서 저더러 모용 소저를 따라다니라고 명령하셨어요."

"……"

모용조경은 주목란을 떠올리며 고운 눈매에 가벼운 그늘을 만들어 냈다.

무림에 나온 후 두 번째 좌절을 겪게 한 당사자!

특히 같은 여자라는 점에서 가슴속 깊숙한 곳에서 은은한 승부욕이 치솟아 올랐다. 게다가 이현과 달리 제대로 검을 나눠보지도 못했다는 점이 마음에 들지 않았다.

그러나 상대는 진무사다. 황제 직속의 사정 기관이자 황실 제일의 무력 단체인 금의위의 권력자였다. 후일 다시 만나게 된다 해도 마차에서와 다른 상황이 발생하진 못할 게 분명했다.

'마음에 안 들어!'

내심의 중얼거림과 함께 모용조경이 슬며시 지축을 박차고 하늘로 뛰어올랐다.

스으— 팟!

그런 후 곧바로 서안성에 빼곡하게 들어찬 건물들의 지붕을 밟으며 신형을 날려가는 모용조경을 진화정이 멍하니 바라봤다. 그럴 수밖에 없었다. 그녀는 모용조경을 따라잡을 만한 경공술이 없었기에.

'흥! 이년아, 하지만 내겐 하오문 조직이 있다! 네년이 그렇게 떠나가 봤자 서안성을 곧바로 떠나지 않는 한 내 손바닥 안에서 춤추는 인형에 불과할 뿐이라구!'

내심 냉소를 터뜨린 진화정이 신형을 돌려세우다 눈가에 작은 주름을 만들어 냈다.

'저놈은 주삼인데… 어딜 저렇게 급하게 가는 거지?'

第二章

악인에겐 마인보다 더한 마검을 휘두르는
당대 제일의 고수!

쾌도수 주삼!

서안성 소매치기 계의 대형이자 하오문의 중간 간부로 과거 진화정이 부하로 데리고 다닌 적이 있었다. 즉, 그녀에게는 지금 서안성에서 가장 만만한 존재였다.

"야! 주삼!"

"……"

갑작스러운 진화정의 부름에 잠시 어리둥절한 표정을 짓고 있던 주삼이 그녀를 발견하고 얼른 달려왔다. 자연스럽게 양

손을 비비고 있는 게 전형적인 간신의 모양새다.

"혈갈 누님, 서안성에는 어쩐 일이십니까?"

"어딜 그렇게 바삐 가고 있었냐?"

"화청지요."

"화청지? 거긴 왜?"

"화청지에서 곧 큰 소동이 일어날 것 같아서 작업 좀 하러 가는 중입니다."

"큰 소동? 무슨 소동?"

주삼이 주변을 살짝 둘러보고 조심스럽게 말했다.

"얼마 전에 풍진문의 살수들이 대거 서안성에 들어왔는데, 아무래도 오늘 거사를 벌일 것 같습니다."

"풍진문의 살수들이 화청지에서 누굴 노리는데?"

"확실한 건 아닌데, 이번에 식년과 시험 때문에 서안성에 온 학사들 중 한 명인 것 같더군요."

'망할!'

진화정은 내심 욕설을 터뜨렸다. 풍진문의 살수들이 현재 화청지에서 노리고 있는 목표가 누구인지 대번에 눈치챘기 때문이다.

게다가 풍진문에 이 살인 의뢰를 한 건 다름 아닌 그녀 자신이었다.

본래는 숭인학관의 학사 이현의 정체를 파악하기 위해 벌인 일인데, 상황이 최악으로 치닫게 되었다. 하필이면 그가 금의위의 진무사인 주목란과 함께하고 있을 때 풍진문이 살행(殺行)에 착수한 것이다.

'마, 만약 풍진문의 살수들이 대책 없이 살행을 저지른다면 나는 곧바로 죽었다고 복창하게 생겼다! 풍진문 녀석들 실력으로 금의위 진무사와 함께 있는 자를 어찌할 순 없을 테니까!'

내심 빠르게 상황을 정리한 진화정이 주삼에게 버럭 소리 질렀다.

"당장 애들 모아서 화청지로 데려와!"

"얼마나요?"

"네가 모을 수 있는 애들 전부!"

"예, 그러겠습니다."

진화정을 따르며 그녀의 성격 파악 정도는 예전에 끝낸 주삼이 얼른 고개를 숙여 보이고 잰걸음으로 달려갔다.

'그럼 일단 나는 화청지로 달려가야겠지?'

싫다!

죽기보다 싫다!

만에 하나라도 마검협일 수도 있는 사람을 찾아가는 건.

그러나 현재로선 다른 방도가 없었다.

자칫 풍진문의 살수들이 살행에 나섰다가 진무사 주목란

을 자극할 경우 진화정을 비롯한 섬서 하오문 전체에 피바람
이 불게 될 테니까.

내심 이를 악문 진화정이 화청지를 향해 뛰기 시작했다. 그
녀 평생에 최대치라 할 수 있는 경공을 발휘해 선불 맞은 멧
돼지처럼 내달렸다.

*　　　　*　　　　*

화청지.

서안성 인근에 위치한 여산(驪山) 산록에 있는 온천으로 역
대의 제왕이 행궁별장을 세워 휴양했던 곳이다.

"…험험, 서주(西周) 말기에 주유왕(周幽王)은 지금의 화청지에
리궁(驪宮)을 세웠습니다. 그리고 당(唐)나라 당태종(唐太宗)이
탕천궁(湯泉宮)을 지었고 현종(玄宗)이 이를 중축한 뒤 화청궁(華
淸宮)이라 개칭하였습지요. 이후 당현종(唐玄宗)과 양귀비(楊貴
妃)의 연애 시절에는 이곳이 매우 번성하였으나 안사의 난 이후
로 화청지(華淸池)는 쇠퇴하게 되었던 것입니다요."

"……"

이현은 화청지 앞에서 이곳의 유래에 대해 달변으로 설명
하는 오십 대 초반 문사를 바라보며 하품을 했다.

그의 설명은 꽤 조리 있고, 자세했으나 이현의 관심을 자극

할 만한 부분이 없었다.

당현종이 자신의 며느리였던 양귀비하고 화청지에서 어떻게 난잡하게 놀았는지 따위는 그에게 어떠한 감흥도 주지 못했던 것이다.

반면 주목란은 꽤 재미있어했다.

그녀 역시 황실의 여인.

과거 제왕의 추잡한 행실이 한편의 연애물로 둔갑해 가는 과정에 제법 흥미를 느낀 모양이다.

"그래서 양귀비가 매일같이 목욕을 했다는 해상탕(海常湯)은 아직도 이곳에 있는 것이냐?"

"물론 여전히 뜨거운 온천물을 콸콸 쏟아내고 있습니다. 이곳 화청지의 해상탕은 그야말로 최고의 온천인지라 양귀비의 백옥 같은 피부를 유지하는 데 큰 도움이 되었다고 합니다요!"

"그곳으로 안내하거라!"

'설마 이곳에 온천욕을 하러 온 건 아닐 테지?'

이현은 뜨악한 표정으로 주목란을 바라봤다. 그러자 주목란이 도도한 표정으로 말했다.

"이 대가, 뭐 해요? 얼른 따라오세요!"

"……."

잠시 주목란을 바라본 이현은 어쩔 수 없다는 표정을 하고 그녀의 뒤를 따랐다.

그렇게 화청지 내에 위치한 건물 몇 개를 돌아들어 갔을 때였다.

앞장서 걸어가는 와중에도 절대 입을 놀리는 걸 쉬지 않던 중년 문사가 갑자기 숨넘어가는 신음을 터뜨렸다. 갑자기 어딘가에서 작은 세침 하나가 날아와 그의 마혈을 점혈해 버렸기 때문이다.

주목란이 입가에 피식 미소를 매달았다.

"후후, 이 대가를 호위무사로 데려오길 정말 잘한 것 같군요?"

"설마……?"

이현이 의심이 섞인 시선을 던지자 주목란이 새침한 표정을 지어 보였다.

"절 그렇게 못 믿는 건가요?"

"아직은."

"아직은?"

"하지만 곧 알 수 있겠지."

이현이 뜻 모를 중얼거림을 남긴 것과 동시였다.

슉!

순간적으로 신형을 이동한 그의 손가락이 연달아 허공을 향해 튕겨졌다.

흡사 손가락을 터는 듯한 모양새!

그러나 주목란의 초인적인 안력은 이현의 손가락이 사방에서 날아든 소털처럼 가는 세침들을 걷어내고 있음을 간파했다. 아마 이보다 수십 배 많은 세침의 공격을 당했다 해도 두 사람에게 그리 큰 위협은 될 수 없었으리라.

그때 세침 공격을 모조리 해결한 이현의 발끝이 가볍게 움직였다.

툭!

그의 발에서 뻗어나간 내경이 화청지 내부에 깔려 있는 청석 벽돌을 부쉈다. 그리고 그렇게 튀어 오른 돌조각들이 사방으로 비산한다.

촤륵!

그 중 몇 개가 이현이 휘두른 손에 휘감겼고, 곧바로 특정한 곳을 향해 날아들었다.

"큭!"

"으헉!"

돌조각이 날아든 방면에서 숨 막히는 신음성이 터져 나왔다. 사실상 단말마다. 돌조각이 아예 몸 자체를 관통해 버렸기 때문이다.

주목란이 눈살을 가볍게 찌푸렸다.

"다 죽이면 곤란해요!"

"왜?"

"배후를 캐내야 하니까요!"

'금의위 다 됐군.'

이현이 내심 불만스러운 표정을 지어보이고 수중에 남아 있던 돌멩이를 바닥에 던졌다. 그리고 말한다.

"다 나와라!"

"……."

"두 번 말하지 않을 테니, 똑똑히 들어. 지금 나오면 목숨만은 살려줄 테니까 얼른 나와!"

"……."

주목란이 말했다.

"이 대가도 성격이 참 많이 변했군요."

"말했잖소. 학사가 된 후 성현의 도리에 대해 배우다 인생의 참 진리를 얻게 되었다고."

"여전히 그 말은 믿기 어려워요."

"주 군주도 의심이 많아졌군."

"직업병이에요."

새침하게 대답하는 주목란을 힐끗 바라본 이현이 눈살을 가볍게 찌푸려 보였다. 이현의 무위에 겁을 집어먹은 암습자들이 슬슬 은신처를 벗어나 도망치기 시작했기 때문이다.

'…그렇게 다 도망가면 안 되지!'

내심 눈을 빛낸 이현이 손을 뻗어 접인지기를 일으켰다. 방금 전에 집어 던졌던 돌멩이를 회수한 것이다. 그리고 가볍게 집어 던지자 돌멩이들이 시위를 떠난 화살처럼 공간을 가로지른다.

픽!

퍼픽! 픽!

은신을 풀고 도망가던 암습자들이 바닥에 자빠졌다. 하나같이 이현이 집어 던진 돌멩이에 마혈을 점혈당해 옴짝달싹도 못하게 되어버렸다.

그런데 그때 화청지 밖에서 가벼운 소란이 일어났다.

암습? 기습?

그런 것보다는 장이 들어선 것 같이 사람들이 모여들어 왁자지껄 떠들어 대기 시작한 것이다.

'이거 일이 재밌게 돌아가기 시작하는 걸?'

이현이 내심 입가에 미소를 떠올린 것과 동시였다.

고개를 귀엽게 살짝 기울여 보인 주목란이 속삭이듯 말했다.

"이건 좀 이상하군요."

"무엇이 이상하단 거요?"

"공격의 당사자인 살수들의 수준이 지나치게 떨어지는 데다 그들의 퇴로를 가로막은 자들은 더욱 심해요. 마치 시정잡배나 흑도의 왈패들이 나선 것 같군요."

"정확히 봤소. 한 가지만 빼고."

"한 가지만 빼고라……."

설명을 요구하는 듯한 주목란의 눈빛에 이현이 어깨를 가볍게 으쓱해 보였다.

"뭐, 곧 알게 될 거요. 마침 오는군."

이현의 말이 끝난 것과 동시였다.

후다닥!

얼굴이 땀투성이가 된 진화정이 두 사람을 향해 달려왔다. 나름대로 일류 수준의 무위를 지닌 터에 숨이 상당히 거칠다. 아마도 이곳 화청지까지 전력 질주를 했음이 분명하다.

이현의 눈에 이채가 어렸다.

'눈에 익은데?'

주목란이 말했다.

"이곳에는 어쩐 일이죠?"

진화정이 주목란 앞에 도착해 숨을 헐떡이며 말했다.

"진무사 대인, 무사하셨군요?"

주목란의 눈매가 가늘어졌다.

"어떻게 된 일이죠?"

"그, 그것이……."

"방금 전 나는 화청지에서 암습을 당했어요. 이는 구족지멸은 아닐지라도 삼족지멸은 가능한 대죄일 터. 만약 당장 이실

직고(以實直告)하지 않는다면 향후 섬서성의 하오문은 꽤나 불유쾌한 상황에 직면하게 될 거예요."

주목란은 크게 말하지 않았다. 부드럽고 참 듣기 좋은 목소리로 조곤조곤 설명했다.

그러나 진화정에게 그녀의 설명은 일종의 청천벽력이나 다름없었다. 순식간에 삼족이 몰살당하고, 섬서성 하오문도 전체가 박살 날 위기에 직면했기 때문이다.

"…바, 바로 설명드리겠습니다. 오늘 화청지에 출몰한 살수들은 섬서성 일대에서 암약하는 풍진문 소속입니다."

"풍진문? 그들은 고작해야 삼류 수준의 살수 단체잖아요? 그들이 금의위의 진무사인 내 목숨을 노리다니, 믿기 어려운 일이로군요."

"진무사 대인의 말씀이 참으로 지당하십니다. 그래서 저도 처음엔 그들이 서안성에 출몰했다는 정보를 흘려들었습니다. 하지만 곧 그들이 진무사 대인이 향한 화청지로 몰려갔다는 말을 듣고 허겁지겁 이곳으로 달려온 것입니다."

"날 걱정한 건가요?"

"예, 그렇습니다. 진무사 대인의 신공절학이 하늘을 찌르고 위엄 역시 그러하십니다. 하지만 세상에는 만에 하나라는 가능성이 있기에 이 불순한 자들이 진무사 대인의 위엄을 조금이라도 손상시킬까 걱정한 것입니다."

전력을 다해 충정을 드러내는 진화정의 비굴한 모습에 이현의 눈이 번쩍 뜨였다. 종남산을 나와 이가장으로 향하던 중 만났던 산적 떼를 떠올린 것이다.

'평범한 산적이 아니라 하오문도였군. 게다가 주 군주와 관계도 있는 것 같은데?'

이현은 문득 의심이 들었다. 주목란이 눈앞의 진화정을 뒤에서 몰래 조종해서 종남파와 자신을 감시하고 있었을지도 모른다는 의심이었다.

그러나 그때 주목란이 갑자기 입가에 싸늘한 미소를 매달았다.

"후후, 듣기엔 참 좋은 소리군요. 아첨에 제법 쓸 만한 재주를 가졌다는 걸 인정하지 않을 수 없겠어요. 하지만 내게 그런 건 통하지 않는답니다. 이 대가!"

"응?"

"밖에 나가서 화청지에 몰려온 하오문도들을 모조리 제압하세요!"

"전부?"

"그래요! 단 한 명도 빠져선 안 돼요!"

이현이 귀찮은 표정을 슬쩍 보이고 곧바로 화청지 밖으로 신형을 날렸다.

힐끔.

그러면서 진화정을 곁눈질하니 그녀의 얼굴이 백지장처럼 질려 있었다. 당장이라도 기절하고 싶어 하는 듯하다.

'내가 잘못 생각했나 보군.'

찰나의 순간, 주목란과 진화정에게 가졌던 의심 중 상당수를 풀어버린 이현이 담을 뛰어넘었다. 식년과 시험이 끝날 때까진 주목란의 말을 일단 들어주기로 마음먹었다. 이만한 일에 뭉그적거릴 이유가 없었다.

그렇게 이현이 화청지에서 자취를 감추자 주목란이 곧바로 진화정을 심문했다.

"진 소저, 대담하군요."

"예?"

"계속 그렇게 모르쇠로 일관한다면 이 대가가 돌아온 후 당신을 그냥 넘겨주도록 하죠. 악인에겐 마인보다 더한 마검을 휘두르는 당대 제일의 고수에게 말이에요."

'마, 마검협!'

진화정은 저도 모르게 비명을 터뜨릴 뻔했다. 그동안 쭉 의심해 왔던 이현의 정체를 주목란이 확실하게 알려줬기 때문이다.

그러나 아직 이해할 수 없는 게 있다.

외모.

어떻게 몇 달 사이에 마검협 이현은 저렇게 젊고 깨끗한 얼굴이 된 것일까?

게다가 학사라니!

어느 하나 진화정이 알고 있는 마검협 이현과는 어울리지 않는다. 사실 주목란이 혹시 착각한 게 아닌가 하는 의문까지 들었다.

'하지만 그럴 리가 없지! 금의위의 진무사가 그렇게 허술한 사람일 리 없으니까!'

머릿속에서 불쑥 치켜 오르는 의문을 거둬들인 진화정이 넙죽 바닥에 엎드렸다.

"지, 진무사 대인, 부디 자비를 베풀어 주십시오!"

"자비를 원하면 말해 봐요."

"……."

"이 대가는 곧 돌아올 거예요."

채근하는 듯한 주목란의 말에 진화정이 전후의 사정을 모조리 털어놨다. 엄밀히 말해 같이 정보를 다루는 사람으로서 더 이상 그녀를 속일 수 없다는 판단을 내린 것이다.

"그러니까 모든 건 우연인 거로군요?"

"예! 예! 그렇습니다! 보셔서 알겠지만 풍진문은 정말 허접한 살수 단체입니다. 어찌 그런 자들로 마검협 이 대협 같은 절세고수를 죽이란 명령을 내릴 수 있겠습니까?"

"그때까지는 이 대가의 정체에 확신을 갖지 못해서가 아니고요?"

"처, 천부당만부당한 말씀이십니다! 어찌 제가……"

"뭐, 됐어요. 어차피 진 소저 말대로 이 대가에겐 별다른 문제가 되지 않을 자들이었으니까. 하지만 오늘 일은 좀 공교로워졌군요."

"헉!"

진화정이 엎드린 상태에서 고개를 빼꼼하게 추켜올리다 숨넘어가는 소리를 냈다. 순간적으로 그녀 곁을 떠난 주목란이 이현이 제압한 풍진문 살수들을 연달아 발로 걷어차는 모습을 봤기 때문이다.

'살인멸구(殺人滅口)? 그러면 서, 설마 나도……'

슥!

"…어머나!"

주목란이 돌아오자 진화정이 양손으로 자신의 몸을 감싸며 깜짝 놀란 표정을 지어 보였다. 주목란의 수려하고 아름다운 모습이 흡사 저승사자처럼 느껴졌다.

주목란이 말했다.

"이 대가가 돌아오기 전에 이곳을 떠나요!"

"예? 그래도 되나요?"

"질문을 하기 전에 내 마음이 변할 걸 걱정하는 게 어떨까요?"

부드러운 주목란의 말에 진화정이 화들짝 놀라 얼른 고개를 숙여 보이고 화청지 밖으로 달려 나갔다. 그녀 인생 중 두 번째 정도 되는 속도였다.

＊　　　　＊　　　　＊

화청지 밖.

백여 명이 넘는 각양각색의 무리가 집결해 있었다.

그중에는 서안성에서 제법 유명한 무인들도 포함되어 있었다. 진화정의 명령을 받은 쾌도수 주삼이 자신의 모든 영향력과 인맥을 화청지에 총동원한 결과였다.

덕분에 주삼은 이현의 놀라운 무위에 놀라 화청지에서 도망치던 풍진문 살수들을 어렵지 않게 제압할 수 있었다. 백여 명의 하오문도가 포위한 후 주삼이 초빙한 무인들이 그들을 단숨에 때려잡은 것이다.

그러나 그때 이현이 나타났다.

그는 한차례 하오문도와 무인들을 살펴본 후 투항을 권고했고, 주삼은 비웃음으로 응대했다.

자신이 초빙한 무인들과 백여 명이 넘는 하오문도의 숫자적 우위를 그는 믿어 의심치 않았다. 겉보기로 약관을 넘지 않아 보이는 학사 차림의 이현이 시험을 앞두고 미쳤다는 의심 역시 품었다.

그러자 이현이 곧바로 움직였다.

주삼의 비웃음이 끝나기도 전에 이현은 그가 초빙해 온 무인들을 때려 눕혔고, 백여 명의 하오문도를 질풍처럼 쓸어버렸다. 비웃음으로 도발한 주삼 혼자만 말짱하게 서 있을 때까지 말이다.

슥!

"사, 살려주십시오!"

주삼이 공중에서 떨어져 내린 이현 앞에 넙죽 엎드리고 온몸을 바들바들 떨었다. 태어나서 처음으로 지금만큼 두려웠던 적이 없는 것처럼 그리했다.

이현이 그런 주삼을 내려다보며 말했다.

"그러게 사람이 좋게 권할 때 들었어야지?"

"대협, 용서해 주십시오! 이놈이 무식해서 하늘이 얼마나 높은지 모르고, 땅이 얼마나 넓은 줄 알지 못 했습니다요!"

"나, 대협 아니야."

"하, 학사님이시군요? 과연 얼굴이 준수하시고, 미간 사이에 맑은 기운이 넘치시는 게……."

"계속 그런 식으로 말하면 죽여 버린다!"

"…죄송합니다. 다시는 학사님께 아첨하지 않겠습니다요."

'눈치는 빠르네?'

이현이 주삼의 재빠른 태도 변화에 내심 피식 웃고 말했다.

"이름이 어떻게 되지?"

"이놈은 서안성에서 밑천 안 드는 장사를 하며 지내는 쾌도수 주삼이라 합니다."

"쾌도수? 과연 밑천 안 드는 장사를 하는 자다운 별호군. 손이 좀 빠른가 보지?"

"헤헤, 어찌 학사님 앞에서 이놈이 손의 빠름을 자랑하겠습니까마는……."

"그럼 하지 마!"

단호한 이현의 말에 주삼이 시무룩한 표정이 되었다. 내심 자신의 쾌도수란 별호에 자부심을 품고 있었기 때문이다.

이현이 말했다.

"그래서 손이 빠른 주 형한테 내 한 가지만 묻지. 어째서 서안성에서 굴러다니는 하오문도를 몽땅 끌고 화청지로 달려온 거야?"

"그, 그건……."

"제대로 대답하는 게 좋을 거야. 나는 이미 오늘치의 인내심을 모조리 사용했으니까."

이현의 협박에 주삼이 언제 망설였냐는 듯 얼른 자신이 아는 바를 모조리 쏟아냈다.

"혈갈 진화정이라고?"

"예, 분명 그렇습니다요! 이 주가 놈의 목숨을 걸고 확실합니다요!"

"알겠어."

이현이 한차례 고개를 끄덕이고 손가락을 튕겨서 주삼의 마혈을 점혈했다. 주목란의 요청을 깔끔하게 완수한 것이다.

*　　　　*　　　　*

슥!

화청지 담을 뛰어넘어 주목란 앞에 떨어져 내린 이현이 주변을 둘러보고 눈살을 가볍게 찌푸려 보였다. 자신이 마혈을 점혈했던 풍진문의 살수들이 하나같이 혼수상태에 빠져 버린 걸 눈치챘기 때문이다.

"직접 손을 쓴 거요?"

"설마요?"

"그럼 혈갈 진화정이란 계집이 쓴 것이겠군!"

"어쩐지 좀 늦더라니… 밖에 있는 자들을 붙잡아서 고문이라도 했나요?"

갑자기 화제를 돌리는 주목란에게 다시 눈살을 찌푸려 보인 이현이 말했다.

"딱히 고문을 할 필요도 없었소. 하오문에 속한 자들은 시세에 밝으니까."

"호호, 하오문도들이 시세에 밝다니! 정말 이 대가도 학사 노릇을 좀 하시더니, 말을 참 운치 있게도 하시는군요!"

"있는·그대로 말했을 뿐이오."

"그래서 그 시세가 밝은 자들이 자신들을 이곳으로 몰아온 배후가 혈갈 진화정이라고 토설한 건가요?"

"그 외에도 몇 가지 잡다한 걸 털어놓더군. 저기 쓰러져 있는 살수들이 풍진문 소속이라는 사실 같은 거 말이오."

"풍진문?"

"섬서성 일대에서 암약하는 살수 단체 중 하나요. 아마 살인 의뢰라도 받은 모양이지."

"그건 이상하군요?"

"이상하지. 금의위의 진무사를 암습하기엔 너무 허접한 단체니까 말이오."

"그건 마검협 역시 마찬가지 아닐까요?"

"과연!"

이현이 나직이 탄성을 발했다. 마치 갑자기 뭔가를 깨달았다는 듯이 말이다.

주목란이 고개를 갸웃해 보였다.

"뭔가 깨달은 것이라도 있는 것 같군요?"

"뭐, 별거 아니오."

"그 별거 아닌 거에 대해 듣고 싶군요."

집요한 눈빛이 된 주목란을 이현이 살짝 질린 듯 바라보다 피식 웃었다.

십 년!

강산이 변한다는 시간이다.

그 사실은 눈앞의 주목란에게도 동일하게 적용되었던 것 같다. 무림에 대한 호기심에 눈을 반짝이던 소녀를 저와 같이 변화시켰으니 말이다.

"풍진문 살수들의 목표는 본래 나였소. 하오문도들은 풍진문 살수들이 화청지에서 백면서생을 노린다는 정보를 입수하고 있었는데, 혈갈 진화정이 그 말을 듣고 사람을 모았다고 하더구려."

"그건 참 이상한 일이로군요?"

"그리 이상할 것도 없는 일이오. 혈갈 진화정이란 여자와는 구면이니까."

"구면이라고요?"

"전날 내 검을 훔치려 하기에 몇 대 패준 적이 있거든."

"…구면 정도가 아니라 원한을 맺은 사이잖아요? 그런데 어째서 처음엔 알아보지 못한 거죠?"

"잊어버렸거든."

태연한 이현의 대답에 주목란은 입을 가볍게 벌렸다. 그리고 문득 어렸을 때 사부에게 들었던 말이 떠올랐다.

'사부님은 세상에 격언처럼 돌아다니는 말 중에 헛소리가 많다고 하셨는데, 그게 정말 맞구나! 때린 이 대가는 기억조차 못하고, 맞은 진 소저는 원한을 품었으니 말야!'

정말 그렇다.

때린 놈은 쭈그리고 자고, 맞은 사람은 발 뻗고 자는 일 따윈 없는 것이다. 이게 세상의 이치였다. 적어도 힘을 숭상하는 무림에서는 그러했다.

내심 고개를 가로저어 보인 주목란이 말했다.

"이 대가, 오늘은 이만 이곳에서 작별을 고해야 할 것 같네요."

"어째서?"

"제가 이래봬도 금의위의 진무사잖아요? 곧 화청지 쪽으로 금의위의 호위들이 잔뜩 몰려들 거예요. 이 대가와 느긋하게 서안성 유람을 할 수 없는 상황이 된 거지요."

"과연!"

"어째 이번의 '과연'은 깨달음이 아니라 기쁨의 감정이 잔뜩 들어간 것 같네요?"

주목란이 살짝 불편한 심사를 드러내자 이현이 어깨를 가볍게 으쓱해 보였다.

"착각이오!"

"정말인가요?"

"물론이오. 내가 어째서 주 군주와 헤어지는 걸 기뻐하겠소?"

"그럼 다음에 다시 놀아줄 건가요?"

"그건……."

잠시 말끝을 흐린 이현이 천천히 고개를 끄덕여 보였다.

"…시험이 끝난 후 놀아주도록 하겠소."

"그 약속, 절대 어기면 안 돼요!"

"물론이오."

다소 고개를 끄덕여 보인 이현이 주목란에게 슬쩍 공수해 보이고 곧바로 신형을 날렸다. 주목란의 말대로 금의위로 추정되는 무인들이 화청지로 몰려오는 걸 감지했기 때문이다.

잠시 후.

홀로 화청지에 남은 주목란의 주변으로 그녀의 부관 역할을 수행하는 위사 양홍걸이 이끄는 금의위 백여 명이 집결했다. 서안성에서 헤어진 후에도 줄곧 이현과 주목란을 멀찍이 떨어져 따르고 있었던 것이다.

주목란이 미간 사이에 살짝 주름을 만들며 말했다.

"너무 일찍 왔구나!"

"죄, 죄송합니다!"

"죄송할 건 없어. 양 위사는 임무에 충실했을 뿐이니까. 다만······."

잠시 말끝을 흐린 채 주목란은 이현이 떠나간 방향을 아쉬움이 깃든 시선으로 바라봤다.

십 년이다.

무려 십 년 만에 만난 그와 이렇게 빨리 헤어지게 된 게 무척이나 아쉬웠다. 다른 걸 떠나서 오늘만큼은 그와 아무런 고려 없이 즐기고 싶었다. 십 년 전, 함께 생사고락을 함께하며 북경으로 향했던 때로 잠시나마 돌아가고 싶었던 것이다.

'···그러나 십 년이란 세월은 결코 적지 않고, 나와 이 대가 모두를 변화시켰구나!'

내심 고개를 흔들어 보인 주목란이 평소의 부드러우면서도 속내를 읽기 힘든 표정을 회복했다.

"화청지 일대는 완전히 정리했겠지?"

"예, 완벽하게 정리를 끝냈습니다!"

"그럼 저자들도 마저 정리하도록 하세요."

"존명!"

복명과 함께 고개를 숙여 보인 양홍걸이 웬일인지 잠시 머뭇거렸다.

"무슨 일이죠?"

주목란의 질문에 양홍걸이 안색을 살짝 굳힌 채 대답했다.

"서안성에 칠황야께서 오셨습니다."

"칠황숙이?"

"예, 어찌할까요?"

칠황야 주세민!

주목란에겐 숙부가 되고, 현 황제와 한 배에서 태어난 유일
무이한 황제(皇弟)였다. 그 위세는 다른 황족들과 달라서, 만세
야(萬歲爺)인 황제 바로 아래인 구천세야(九千歲爺)라 불릴 정도
의 당대 권력자라 할 수 있었다.

당연히 황제 직속의 감찰 기관인 금의위 입장에선 최고의
요주의 대상이었다. 금의위 자체가 황제의 경호와 황족, 관리
의 감찰이었으니까.

'정말 공교로운 일이로구나! 내가 사부님의 밀명을 받고 북
경을 떠나자마자 칠황숙을 만나게 되다니……'

내심 눈살을 찌푸려 보인 주목란이 양홍걸을 바라보며 말
했다.

"칠황숙은 현재 어디에 묵고 계신가요?"

"비림에서 섬서성 도지휘사사와 병마절도사 대인등과 자리
를 함께하고 계십니다."

"그쪽에 우리 애들은 몇 명이 붙어 있죠?"

"지근거리까지 접근할 수 있는 건 3명 정도 됩니다."

"좋아요. 그럼 지금부터 칠황숙에 대한 감시를 지밀 2조로 올리도록 하세요!"

"지밀 2조! 명심하겠습니다!"

주목란의 명령을 되새김하듯 말한 양홍걸이 다시 고개를 숙여 보였다.

*　　　　*　　　　*

화청지에서 주목란과 헤어진 이현은 중간에 양꼬치 두어 개를 사들고 서안성으로 돌아왔다.

중간에 악영인을 찾아볼까 하다 곧 생각을 달리했다. 그녀가 태중정혼녀인 모용조경을 만나고 있는데, 혹시라도 방해를 할까 봐 신경을 써준 것이다.

말로는 싫다고 하지만 상대는 강동제일미녀!

자주 둘이만 함께하는 시간을 갖다 보면 정분이 나지 않을 이유가 없었다. 딱 보기에도 꽤나 잘 어울리는 한 쌍이 아닌 가 말이다.

한데, 양꼬치 하나를 입에 문 채 우물거리던 이현의 눈에 이채가 어렸다.

'천룡검후… 왜 혼자지?'

이현은 혹시 잘못 봤나 싶어서 기감을 일으켜, 인파를 헤치고 걸어가는 모용조경의 주변을 살펴봤다. 주변에 악영인이 있는지 확인하기 위함이었다.

그러자 악영인 대신 몇 명 무림인들의 기운이 느껴졌다.

대충 너덧 명 정도?

그중 가장 강한 자가 일류 정도의 무위를 갖추고 있었다. 모조리 모용조경에게 달려들어 합공을 한다 해도 그녀의 옷깃 하나 건드리지 못할 거란 뜻이다.

'그냥 모른 척해도 되겠군.'

평소와 다름없는 기준으로 판단을 내린 이현이 다시 양꼬치를 우물거리며 걸음을 옮겼다. 성내나 더 구경하다가 공부자관으로 돌아갈 작정이었다.

그러나 하필 그때, 모용조경이 이현을 발견했다.

"이 공자님!"

'아차차!'

이현이 내심 혀를 찬 것과 동시였다.

모용조경을 은밀하게, 혹은 노골적으로 따르던 무림인들의 시선이 일제히 이현을 향했다. 분노와 경계심, 살기가 동반된 기운이 후끈한 열기처럼 날아든 것이다.

그러거나 말거나 모용조경은 빠른 걸음으로 이현에게 다가왔다.

"모용 소저, 무산이는 어떻게 하고?"

" 보다⋯⋯."

모용조경이 말을 전음으로 전환했다.

[⋯잠시만 함께 걸어주시면 안 될까요?]

[그거야 어렵지 않소만, 저자들이 그것만으로 모용 소저를 포기하진 않을 것 같은데?]

[인적이 드문 곳으로 간 후 제가 알아서 하겠어요.]

[그보다 이러면 어떻겠소?]

모용조경이 미처 대답을 하기도 전에 이현이 갑자기 그녀의 손목을 붙잡고 짐짓 꾸짖듯 말했다.

"모용 소저, 혼자서 나돌아 다니지 말라고 했거늘 어찌 내 말을 듣지 않은 것이오?"

"그⋯⋯."

"변명은 됐소!"

얼른 목청을 높여서 모용조경의 말문을 막아버린 이현이 그녀의 손을 잡아당겨서 자신에게 바짝 붙게 했다. 마치 한 마리 어미 새가 새끼를 날개로 감싸는 듯한 모양새를 취한 것이다.

그러자 인파 속에 파묻혀 모용조경을 호시탐탐 노리고 있던 무림인들이 일제히 두 사람을 향해 뛰쳐나왔다.

갑작스러운 이현의 행동에 마음이 다급해졌다. 이미 마음속에 자신의 여자로 자리 잡은 모용조경을 이대로 놓칠 수 없다는 판단을 내린 것이기도 하다.

그와 동시에 모용조경에게서 떨어져 나온 이현.

퍽! 퍼퍽! 퍽! 퍽!

그의 현란한 권각에 모용조경을 몰래 뒤쫓던 무림인 전부가 얻어맞고 바닥에 뻗어버렸다. 단 한 명의 예외도 없었다. 자신에게 무슨 일이 벌어졌는지조차 파악하지 못하고 의식을 잃어버리고 만 것이다.

탁! 탁!

이현이 손을 가볍게 털고서 자신을 바라보는 사람들을 뚱한 표정으로 바라봤다.

"사랑싸움, 처음 봤소?"

"……."

사람들이 잠시 넋 빠진 표정을 짓다가 일제히 흩어져 버렸다. 이현이 쓰러뜨린 자들은 서안성에서 나름대로 행세깨나 하는 무림인이었다. 그들을 한꺼번에 박살 낸 이현에게 공포심이 생긴 건 지극히 당연한 일일 터였다.

그렇게 단숨에 모용조경의 근심거리를 제거한 이현이 다시 양꼬치를 입에 베어 물었다.

"우물! 우물! 모용 소저, 문제가 깔끔하게 해결되었소."

"이런 일이 다시 발생하면 어쩌죠?"

"모용 소저가 얼굴에 면사 같은 걸 쓰고 다니는 수도 있는 것 같소만?"

"제 곁에 이 공자님이 함께해 주시는 방법도 있지요."

"응?"

第三章

비림에서의 연회!

  이현이 양꼬치를 문 채 멍한 표정을 지어 보이자 모용조경
이 얼른 그의 곁에 달라붙었다.

  "그런 표정은 여자한테 실례예요."

  "응?"

  "숭인학관 사람들은 어디에 묵고 있나요? 아직 서안성에 거
처를 정하지 않았으니 이 공자님이 절 그곳에 안내해 주시면
되겠네요."

  "……."

  사람이 이렇게 빠르게 바뀔 수 있는 걸까 싶을 만큼 적극성

을 띠는 모용조경의 태도에 이현은 잠시 당황했다. 제아무리 여자 보기를 돌같이 하는 그라도 모용조경 정도 되는 절세미인의 적극적인 공세는 어쩔 수 없었던 것일까?

그렇진 않았다.

이현이 자신에게 찰싹 달라붙은 모용조경을 한차례 곁눈질하고 곧 어깨를 가볍게 추어 보였다. 문득 모용조경이 자신을 이용해 악영인과 함께 있으려는 속셈이라 판단 내린 것이다.

'무산, 그 녀석도 참 큰일이구나! 그렇게나 잘생겨 가지고 여자 하나 다룰 줄 모르니 말야!'

내심 고개를 흔들어 보인 이현이 입가에 히죽 미소를 매달았다.

"뭐, 모용 소저 말대로 합시다."

"정말 그래도 될까요?"

"내가 모용 소저한테 거짓말을 해서 뭐하겠소. 마침 슬슬 거처로 돌아갈까 하던 참이었으니, 함께 갑시다."

'결국 이렇게 되는구나!'

모용조경의 입가에 회심의 미소가 감돌았다. 부끄러움을 무릅쓰고 이현에게 달라붙어 애교를 부린 것이 효과를 봤다는 판단을 내린 것이다.

그러니 이젠 조금 새침해질 필요가 있다.

스륵!

언제 바짝 달라붙었냐는 듯 모용조경이 이현에게서 살짝 떨어졌다.

그러나 여전히 두 사람의 거리는 한 걸음 정도일 뿐.

이현의 폭력성에 시선을 돌리고, 외면하기 바빴던 사내들의 입가에 연신 한숨이 매달렸다. 그들 중 대부분이 모용조경 정도 되는 절세미녀를 평생 처음 봤다. 꿈에서조차 비슷한 정도의 미녀를 본 적이 없다고 할 수 있었다.

그래서 조금 더 구경하고 싶었다.

남몰래 시선을 던지며 그녀의 아름다운 자태를 지켜보고 싶었다.

하나 현실은 잔혹했다.

모용조경은 압도적인 무위를 지닌 이현과 함께했고, 그들이 보는 앞에서 점점 멀어져갔다. 다시는 볼 수 없고, 손에 닿을 수 없는 곳으로 떠나가 버린 것이다.

'제기랄, 세상 참 더럽다! 더러워! 저렇게 젊은 나이에 무공도 강하고, 미인까지 얻다니!'

'부럽다! 정말 부럽다! 나도 이참에 무관에 가서 무공이나 배워볼까?'

이현과 모용조경을 눈으로 배웅하는 사내들의 솔직한 심정이었다.

　　　　　*　　　　　　*　　　　　　*

　비림(碑林).

　송나라 때 개성석경을 보존하기 위하여 세워졌다.

　개성석경은 114개의 석판에 유교경전 13경(655,025)을 조각
한 것이다. 여기에 당대 명필 구양순과 안진경, 이양수 등의
친필 석각과 조철, 소식, 조맹부 등 명사들의 진적비등이 집중
되어 비석의 숲을 이루게 되었기에 비림이라 일컬어진다.

　둥실 떠오른 달.

　비림 곳곳에 그림같이 늘어서 있는 각종 비석의 숲 사이에
그림같이 자리 잡은 정자 위로 교교한 빛을 뿌린다.

　그러나 굳이 그럴 필요가 있을까?

　정자의 사방에는 수백여 명의 군사들이 집결해 있었고, 그
들의 손에는 횃불이 하나씩 들려져 있었다. 비림 인근을 흡사
대낮처럼 밝게 만들고 있는 것이다.

　당연히 정자를 차지하고 있는 사람의 신분이 범상치 않음
을 알 수 있다.

　칠황야 주세민!

구천세야라 불리는 그가 오늘 이곳 비림의 주인이었다. 서안에서 손꼽히는 명승지인 비림을 통째로 차지한 채 몇몇 권세가들과 함께 주연을 벌이고 있었다.

그때 상좌에 앉은 주세민에게 아부하기에 바쁘던 안찰사(按察司) 소백영의 눈에 이채가 어렸다. 언제부턴가 주세민이 자신의 말을 건성건성 듣고 있음을 눈치챘기 때문이다.

'칠황야께서 혹시 오늘 마련한 주연이 마음에 들지 않으시는 것인가? 하긴 말이 좋아 명승지이지 비림에 있는 것이여 봤자 낡디낡은 비석뿐이니, 사내들밖에 없는 주연이 마뜩잖을 수밖에 없을 테지.'

그의 시선이 오늘 이 자리를 마련한 섬서성 최고의 무관이라 할 수 있는 도지휘사(都指揮使) 양환경을 향했다. 그는 칠황야 주세민을 제외하면 소백영과 유일하게 자리를 함께할 만한 신분이라 할 수 있었다.

그러나 어디까지나 양환경은 무관이었다.

문관으로 지방 행정의 정점인 안찰사가 된 소백영은 은연중 그를 깔보는 마음을 품고 있었다. 학문적인 소양이 부족한 무부(武夫)라 여기고 그다지 깊은 교류를 하지 않아 왔기 때문이다.

오늘 역시 그렇다.

그는 양환경이 주도한 연회에 참석한 후 내심 한숨을 금치 못했다. 북경에서 당금의 권세가 황제 다음이라는 구천세야 칠황야가 왔는데, 이런 황량한 곳에 연회를 마련한 것에 헛웃음밖엔 나오지 않았다.

그런 소백영의 내심을 눈치챈 것일까?

양환경이 관운장처럼 탐스럽게 난 턱수염을 쓰다듬으며 칠황야에게 말했다.

"금일 성현들의 풍취가 도도한 비림에 칠황야께서 납시어 자리를 빛내주셨습니다! 소관이 술 한 잔을 올리고 싶은데, 받아주시겠습니까?"

"양 도사(都司)가 주는 술을 어찌 받지 않을 수 있겠소? 따르시오!"

호쾌하게 자신의 잔을 내미는 칠황야에게 고개를 숙여 보인 양환경이 술을 따르며 말했다.

"칠황야께 소장이 한마디 고해도 되겠습니까?"

"말하시오."

"이곳 비림을 벗어나서 성내로 조금만 더 가면 여춘원이란 곳이 있습니다. 본래 강남의 양주에서 염상(鹽商)을 하던 상인이 만든 기루인데, 근래 서안에서는 최고의 인기를 누린다고 하더군요."

"서안 같은 고도에서 인기를 누린다니, 자못 궁금해지는구려?"

흥미가 동한 듯한 칠황야에게 양환경이 살짝 목소리를 낮춰 말했다.

"여춘원이 유명한 건 한 명의 가기(歌妓)와 미인 때문입니다. 여홍이란 가기는 목소리가 꾀꼬리같이 아름다운데, 전조 당나라의 노래를 무척 잘 부릅니다. 그리고 또 다른 기녀이자 이곳 서안 최고의 미인인 종미는 천하절색인 데다 춤사위가 가히 일품이라 할 수 있습니다. 여홍이 노래하고, 종미가 춤을 추면 어떤 공자대부나 한량이라 해도 결국은 여춘원에서 자신의 돈주머니를 모조리 풀 수밖에 없다고 하더군요."

"여홍과 종미라……."

"어찌하시겠습니까? 오늘 비림에서 연회가 끝난 후 소장이 여춘원으로 칠왕야를 모실까 합니다만?"

'허어! 저런 여우 같은 곰을 봤나!'

가만히 두 사람의 대화를 듣고 있던 소백영이 양환경의 근엄한 모습을 곁눈질하며 내심 혀를 찼다.

그 역시 서안성 제일의 기루인 여춘원에 대해 알고 있었다.

사실은 서안에 들를 일이 있을 때마다 반드시 그곳을 찾아서 여홍의 노래를 듣고, 종미의 춤을 구경하곤 했다. 그녀들은 청루의 기녀라 몸을 팔지 않았지만 여춘원을 찾는 자들과 마찬가지로 소백영은 개의치 않았다. 여홍과 종미는 만인의 연인이라 아끼는 마음이 있었기 때문이다.

그런데 방금 전 양환경은 여홍과 종미를 언급하며 칠황야를 여춘원으로 모시겠다고 말했다. 즉, 그녀들에게 압박을 가해서 칠황야에게 수청을 들게 하려는 속셈임이 분명했다.

아깝다!

진심으로 아깝다!

소백영은 문득 그런 생각이 들었다.

마음속 깊숙이 감춰놓고 남몰래 꺼내보던 보옥을 오늘 밤 빼앗길 것 같았기 때문이다.

그때 크게 마음이 동한 표정을 짓고 있던 칠황야가 천천히 고개를 저어 보였다.

"양 도사, 아쉽지만 오늘 밤은 날이 아닌 것 같구려."

"혹여 선약이 있으신지요?"

"선약을 한 건 아니었으나 곧 손님이 한 명 찾아올 것이오. 북경제일미녀가 말이오."

'북경제일미녀?'

'칠황야께서 북경에서 첩을 데리고 왔나 보구나!'

양환경과 소백영이 동시에 눈을 빛내며 입을 다물었다. 칠황야가 서안에 데려올 정도의 여자라면 총희 중의 총희일 게 분명했다. 두 사람 모두 문관과 무관으로 섬서성에서 정점에 오른 터라 이런 일에 섣불리 입을 놀리는 게 살신지화를 부르는 일임을 알고 있었다.

그때 비림 일대를 철통같이 지키고 있던 병사들 틈에서 작은 소요가 일더니, 곧 일단의 인물들이 정자로 다가들었다. 그러자 칠황야가 입가에 흐릿한 미소를 매달았다.

"마침 왔구려."

'북경제일미녀?'

'어디, 얼마나 대단한 미인인가 보자!'

양환경과 소백영이 자신들도 모르게 정자 밑으로 고개를 슬며시 내밀었다.

문지방을 넘을 힘만 있어도 여인을 탐하는 게 본래 사내의 본능이다. 천하의 미인이 모두 모인다고 알려진 북경제일의 미녀가 왔다니, 궁금증이 이는 것도 무리는 아닐 터였다.

그렇게 중인들의 관심을 독차지하며 병사들 틈으로 모습을 드러낸 건 한 명의 이십대 중반 미녀와 몇 명의 금의 무장이었다.

한 폭의 그림 같은 백의 궁장 미녀!

그녀의 정체는 낮에 화청지에서 이현과 작별을 고한 주목란이었다.

당연히 그녀를 따르는 금의 무장들은 양홍걸과 몇 명의 금의위 위사였다. 서안성에 데려온 금의위 중 최고의 고수 몇 명만 데리고 주목란은 오늘 밤 비림에 찾아온 것이다.

칠황야가 불빛에 살짝 달아올라 보이는 주목란의 옥용을

확인하고 만면에 미소를 매달았다.

"허허, 목란아, 못 본 새에 더욱 예뻐진 게 아니더냐?"

"진무사 목란이 칠황야를 뵙습니다!"

질녀로서 자신을 맞이한 칠황야를 주목란은 공적인 호칭으로 불렀다. 오늘의 비림 방문이 사적인 친분 때문이 아니란 걸 공식적으로 밝힌 것이다.

그러자 호기심 어린 표정으로 주목란을 바라보던 양환경과 소백영의 안색이 차갑게 식었다. 칠황야가 말했던 북경제일미녀가 그들 같은 관리에겐 저승사자나 다름없는 금의위의 진무사였다. 어찌 마음속이 크게 동요되지 않을 수 있겠는가.

그때 칠황야가 슬쩍 안색을 굳히더니, 곧 입가에 쓴웃음을 매달았다.

"그래, 진무사께서는 어쩐 일로 오늘 밤 비림을 찾아오신 것이오? 혹여 나 주세민이 떳떳하지 않은 일이라도 벌일 걸 걱정해 찾아온 건 아닐 테고?"

"칠황야께서 농이 지나치십니다. 만약 그와 같은 일로 찾아왔다면 어찌 소관이 단 몇 명의 수하만 데리고 이곳을 찾아왔겠습니까?"

"하면 일단 위로 오르는 게 어떻겠소? 아직 밤이 그리 깊지 않았고, 이곳 비림의 연회 역시 이제 막 시작한 참이니까."

"소관, 칠황야의 명을 따르겠습니다."

주목란이 담담하게 대답한 후 가벼운 걸음으로 정자에 올랐다.

그러자 양환경과 소백영이 얼른 신형을 일으켜 그녀에게 상석을 내주며 허리를 숙여 보였다.

그들이 비록 섬서성의 문관과 무관을 대표하는 위치였으나 금의위의 진무사에 비견할 순 없었다.

마치 하늘에 뜬 보름달과 반딧불의 차이나 다름없다고 봐도 무방할 터였다.

주목란이 그들을 한 차례씩 일별하고 칠황야 옆에 단정하게 앉았다.

칠황야가 빈 잔 하나를 가져오게 한 후 손수 술을 따라 주목란에게 권했다.

"그래, 진무사께서는 어인 일로 본왕을 찾아온 것이오?"

"공무차 서안에 들렀다가 마침 칠황야께서 비림에서 섬서성 관리들과 연회를 벌이신다기에 인사 여쭐 겸 찾아왔을 뿐입니다."

"허허, 본왕이 섬서성의 군민들을 수탈한 건 아니니, 진무사께서는 오해가 없길 바라겠소."

"칠황야의 재력이 하늘에 닿아 있어서 왕부에 쌓인 재물이 자금성의 황궁 보고에 못지않다고 알고 있습니다. 어찌 섬서성까지 내려와서 군민들을 수탈하실 수 있겠습니까?"

"진무사의 말속에 뼈가 있구려?"

"그런가요?"

태연하게 받아치는 주목란의 말에 칠황야의 눈빛이 가벼운 파랑을 일으켰다.

그러나 그것도 잠시뿐.

그가 자신의 잔을 주목란에게 건네며 말했다.

"잔을 받았으면 돌려주는 것이 예의일 터! 진무사께서 본왕에게 한 잔 따라주지 않겠소?"

"예, 그러지요."

주목란이 술병을 들어 칠황야의 잔에 넘치도록 술을 따랐다. 실제로 술잔 밖으로 술이 줄줄 흘러내린다.

"저… 저……."

"으으음……."

곁에서 지켜보던 양환경과 소백영의 입에서 앓는 듯한 신음이 흘러나왔다.

제아무리 금의위의 2인자인 진무사라 하나 북경에서 권력이 황제 다음으로 알려진 구천세야 칠황야를 이렇게 능멸할수는 없다고 여겼기 때문이다.

그러거나 말거나 탁자를 흥건히 적실 정도로 술병을 모조리 비운 주목란이 슬쩍 미소 지었다.

"이런, 술이 떨어졌네요?"

"그런가?"

"예, 칠황야!"

"……."

칠황야가 주목란의 노골적인 도발을 잠시 지켜보다 자신의 잔을 들어 단숨에 술을 들이켰다. 처음과 달리 눈빛 하나 흐트러짐이 없다.

그 모습을 본 양환경과 소백영이 내심 고개를 끄덕여 보였다.

'과연 구천세야로구나!'

'여인과는 다른 게지! 황실의 종친 중 인중지룡이 칠황야라 하더니만! 과연 대단하구나!'

탁!

칠황야가 탁자 위에 잔을 내려놓았다. 그러자 주목란이 역시 자신의 잔을 비우고 말했다.

"칠황야께서는 올해 가뭄 등으로 고생한 섬서성의 군민들을 위무하고, 식년과의 최종 시험관을 맡기 위해 서안에 오신 걸로 압니다."

"그렇소. 여기 본왕과 함께 자리를 한 양 도사, 소 안찰사 등과 가뭄으로 피폐해진 섬서성의 군민을 위무하는 한편, 식년과를 치를 섬서성 기재들의 시험관을 맡게 되었소이다."

"그래서 말인데, 소관이 칠황야께 청이 하나 있습니다."

"청? 무슨 청이시오?"

"별건 아니고, 이번 식년과의 시험관 중 한자리를 제가 맡았으면 합니다. 들어주실 수 있겠습니까?"

"……."

잠시 여유를 들어서 주목란을 살피던 칠황야가 미미하게 고개를 끄덕여 보였다.

"진무사의 청을 어찌 본왕이 거절할 수 있겠소이까?"

"감사합니다."

주목란이 정중하게 고개를 숙여 보이자 칠황야의 눈가에 가벼운 어둠이 담겼다. 주목란의 속내를 읽어보려 노력했으나 결국 실패하고만 까닭이었다.

그리고 그때였다.

삐리리리!

삐리리리!

묘한 적막에 빠져 있던 비림에서 풍악 소리가 일더니, 한 명의 가기가 노래를 부르고, 빼어난 무희가 달빛을 보료 삼아 춤을 추기 시작했다.

양환경과 소백영이 놀라서 이구동성 소리쳤다.

"저, 저 아이들은 여춘원의 여홍과 종미……!"

"어찌 저 콧대 높은 것들이 비림까지 출장을 왔단 말인가!"

그렇다.

주목란을 비롯한 금의위의 등장으로 적막에 잠겨 있던 비림에 새바람을 불러일으킨 건 여춘원의 여홍과 종미였다.

일단의 악사들과 함께 비림에 모습을 드러낸 그녀들이 노래하고 춤을 추자 순식간에 얼어붙었던 연회가 활기를 띠기 시작했다. 누가 뭐라 해도 연회를 달구는 데 최고는 미인들의 노래와 춤인 것이다.

주목란이 춤추는 종미를 은연중 곁눈질하고 있는 칠황야를 바라보며 말했다.

"칠황야, 오늘 밤은 여춘원에서 묵도록 하시지요."

"허허, 그래야 할 것 같소. 한데 진무사는 어찌하실 것이오?"

"소관은 따로 잡아둔 거처가 있습니다."

"그렇구려."

칠황야가 천천히 고개를 끄덕이며 노골적으로 종미를 눈으로 훑기 시작했다. 더 이상 체면을 차리지 않겠다는 의지를 그대로 드러낸 것이다.

그러자 주목란의 입가에서 의미 모를 미소가 번져 나온다.

'칠황야, 연기가 아주 많이 느셨군요? 여색에 빠진 모습이 아주 그럴듯하세요!'

슥!

주목란이 자리에서 일어났다.

"진무사, 벌써 가시려는 것이오?"

"예, 피곤해서 이만 소관은 물러가 보겠습니다."

"진무사가 피곤하면 안 되지. 그럼 따로 배웅은 하지 않겠소이다."

"그럼 즐거운 밤 되시길……."

주목란이 슬쩍 칠황야에게 고개를 숙여 보이고 정자를 빠져나왔다.

여전히 달빛 아래 흐드러지게 흘러나오는 여흥의 노래!

황홀할 정도로 아름다운 종미의 춤!

그 사이로 주목란과 금의위가 나타날 때와 마찬가지로 조용히 비림을 빠져나갔다.

                    *   *   *

삼 일 후.

식년과가 치러진 시험장을 빠져나오는 이현의 발걸음은 초시 때와 비교가 되지 않을 만큼 가벼웠다.

목연과의 시험공부는 생각 이상으로 성과가 컸다.

놀랍게도 초시 때와 달리 그녀와 공부했던 부분 중 상당수가 식년과 시험에 고스란히 나왔기 때문이다.

'흐흐, 이거 이러다가 나 정말로 북경에 시험을 치러 갈 수

도 있겠는걸?'

사실 식년과를 치기 위해 서안으로 향하며 이현은 절반쯤
마음을 비우고 있었다. 초시 때와 달리 최선을 다했으나 공부
란 게 그리 쉽게 될 리 없다. 진심을 갖고 정진하면 할수록 그
는 자신의 부족함을 절감해야만 했다. 알면 알수록 어려운 게
바로 학문의 길이었던 것이다.

게다가 진지하게 학문을 접하게 된 후 그의 마음에는 작은
변화가 일어났다. 어린 시절부터 가지고 있던 성현들에 대한
편견에서 벗어나자 그들이 후학들에게 전한 학문 속에서 웅대
한 깨달음을 얻게 되었다.

이는 만류귀종과 같다.

만 가지 학문이 결국은 끝에 가서 하나로 귀결되는 것같이
무학과 학문의 깨달음에서 일종의 합치점을 얻게 되었다. 꽤
나 오래전 무학상으로 극이라 할 수 있는 절대지경에 들어선
이현으로선 뜻하지 않게 얻은 행운이라 할 만하다.

그래서 그는 조금 마음이 느긋해졌다.

식년과의 합격?

그런 것에 크게 개의치 않게 되었다.

부친 이정명을 위해서 고모 이숙향과 맺은 약속에 얽매이
지 않게 된 것이다.

학문의 길!

단지 대과를 통과하는 것으로 끝내긴 아쉬웠다.

만류귀종의 도리를 깨우친 만큼 평생을 두고 조금씩 궁구해 볼 작정이었다. 그러다 보면 그동안 정체기를 겪고 있던 무학의 진보에 조금이라도 도움이 되지 않겠는가.

하지만 이번 식년과!

지나칠 만큼 운이 좋았다.

앞서 설명했듯 목연과 공부했던 것 중 대부분이 문제로 나왔고, 이현은 차근차근 해답을 적었다. 초시 때와는 달리 아주 제대로 된 모범 답안을 적어낸 것이다.

그래서 이현은 초시와 달리 거의 시험 시간을 모조리 소모한 후 시험장을 벗어났다. 대충 봐도 수험생 중 가장 늦은 것 같았다.

그렇게 시험장을 빠져나오자마자 이현은 주변을 이리저리 둘러봤다. 그보다 먼저 시험장을 빠져나간 북궁창성과 악영인을 찾기 위함이었다.

'저기 있군.'

이현의 예상대로 북궁창성과 악영인은 시험장에서 그리 떨어지지 않은 곳을 서성이고 있었다. 아마도 그가 나오길 기다리고 있음이 분명했다.

"어어!"

이현이 두 사람을 향해 손을 들어 보이자 북궁창성이 반가운 표정을 지어 보였고, 악영인은 뭔가 토라진 듯 고개를 옆으로 돌렸다.

'천하의 호걸인 척은 다 하면서도 좀생이 같은 녀석! 아직도 삐친 게 안 풀렸구만!'

이현이 악영인을 바라보며 내심 고개를 가로저었다.

전날 그는 모용조경과 함께 공부자관에 가서 악영인을 기함하게 만들었다. 하루 새에 인연을 끊은 모용조경을 다시 만나게 되어 크게 놀란 듯하다.

그러나 모용조경은 꿋꿋했다.

그녀는 놀라서 안색이 새파랗게 질린 악영인을 차갑게 일별한 후 이현에게 거처를 마련해 줄 걸 요구했고, 그 후 쭉 공부자관에 머물러 있었다.

생각해 보면 참 뻔뻔한 여자다.

이현은 후일 악영인에게 두 사람이 절연했다는 말을 듣고, 내심 혀를 찼다. 자신이 모용조경에게 속아 넘어갔다는 생각이 들었기 때문이다.

하지만 달리 생각해 보면 그냥 이현 혼자서 지레짐작하고, 착각했다고 할 수 있었다. 모용조경이 여전히 악영인과 태중 정혼한 사이라고 말이다.

어찌 됐든 그로 인해 악영인은 쭉 이현에게 골을 부리고 있었다. 식년과 당일인 오늘까지 계속 지금과 같은 모습을 유지하고 있는 것이다.

'가끔 보면 무산, 저 녀석은 사내가 아닌 것 같단 말야?'

이현이 의외로 핵심을 찌르는 의심을 하고 있을 때였다.

북궁창성이 다가와 공수하고 말했다.

"이 사형, 시험은 잘 보셨습니까?"

"그럭저럭."

짐짓 심드렁한 대답과 달리 이현의 입가에는 흐릿한 미소가 매달려 있었다. 어느 때보다 자신만만한 표정이다.

북궁창성이 어렵지 않게 이현의 분위기를 읽고 다시 공수했다.

"과연 이 사형이십니다. 오늘 시험문제는 꽤나 난해했는데, 이 사형께는 큰 문제가 아니셨던 거로군요."

"뭐, 그렇지."

이현이 더 이상 속내를 숨기지 못하고 히죽 웃어 보였다. 어느새 얼굴에 좋아 죽겠다는 표정이 가득하다.

그러자 악영인이 결국 참지 못하고 달려와 소리쳤다.

"뭘 그렇게 잘난 척을 하고 계시우! 어차피 이번 식년과를 통과할 가능성은 코딱지만도 없겠구만!"

이현이 정색하고 말했다.

"코딱지라니!"

"그럼 설마하니 시험을 잘 치기라도 하셨다는 거유?"

"그럼! 매우 잘 쳤지!"

"그 거짓말 정말이우?"

"내가 네놈한테 거짓말을 해서 뭘 하겠냐? 이번 시험은 내게 그야말로 식은 죽 먹기나 다름없었느니라!"

"제기랄!"

갑자기 욕설을 내뱉으며 악영인이 발을 굴렀다. 뭔가 굉장히 억울한 일을 당한 것 같은 모습이다.

이현이 북궁창성을 돌아봤다.

"쟤 왜 저러냐?"

"시험을 망쳤나 봅니다."

"아!"

이현이 이해했다는 듯 고개를 끄덕여 보이자 악영인이 갑자기 그에게 달려들었다.

"형님, 정말 시험 잘 본 거 맞수?"

"어."

"아악!"

머리를 잡고 괴로워하는 악영인을 바라보며 이현이 나직이 혀를 찼다.

"시험 정도 망할 수도 있지. 앞날이 구만 리 같은 젊은 놈이 뭘 그렇게 세상 다 산 것 같은 모습을 보이는 거냐?"

"그게 형님이 할 소리유? 초시 끝난 날 세상의 술이란 술은 몽땅 동낼 것처럼 굴던 사람이!"

"그때는 그때고 지금은 지금이지."

"뻔뻔하기는!"

"그래서 얼마나 망쳤는데?"

"절망적이우!"

"……."

"이게 다 형님 때문이우! 형님이 나한테만 숭인상단 일을 몽땅 맡기는 바람에 공부할 시간이 없어서 이렇게 된 거란 말이우!"

'자식이 사람 찔리게 하긴…….'

내심 악영인의 말에 찔린 표정이 된 이현이 갑자기 그녀의 동그란 어깨를 감싸 안았다.

"그래서 나랑 술 안 마시러 갈 거냐?"

"수, 술?"

"그래, 술! 시험 끝났으니까 오늘은 초시 때처럼 코가 삐뚤어질 때까지 달려야 하지 않겠냐?"

"……."

"왜? 싫어?"

악영인이 어디서 힘이 났는지 버럭 소리 질렀다.

"누가 싫다고 했수! 술 마시러 갑시다! 오늘 밤을 아주 화끈하게 불태워 버리자구요!"

'자식, 이제야 무산이 같네!'

내심 웃어 보인 이현이 북궁창성에게 눈짓을 던졌다.

"북궁 사제도 가자!"

"예? 하지만 저는……."

"설마 나하고 술 마시는 걸 거부하려는 건 아닐 테지?"

악영인이 소리쳤다.

"형님, 저 북궁 샌님을 뭘 데려가려 하시우? 그냥 나하고 둘이서……."

"…기꺼이 이 사형을 따라가겠습니다!"

악영인의 얼굴이 새침하게 변했다.

'망할 북궁 애송이 놈! 어째서 평소 같지 않은 짓을 하려는 거야! 그냥 평소처럼 다른 학사들과 함께 공부자관이나 돌아가서 심 학사의 사위 노릇이나 할 것이지!'

악영인이 이현이 데려온 모용조경에 기합하는 동안 북궁창성은 공부자관 관주 심유상과 그의 두 딸에 난감해해야만 했다. 갑작스러운 모용조경의 등장으로 이현과 악영인은 심유상의 사윗감 후보에서 탈락해 버렸기 때문이다.

하긴 상대는 강동제일미녀였다.

심유상이 그녀가 눈독 들인 상대를 재빨리 포기한 건 무척 타당하고 합리적인 선택이라 할 만했다.

그때, 옥신각신하는 북궁창성과 악영인을 바라보며 피식거리고 있던 이현의 눈에 이채가 어렸다. 저 멀리, 한 명의 아리따운 미녀가 자박거리며 걸어오고 있었다.

금의위 진무사 주목란!

어떻게 이현이 시험을 끝내고 나온 걸 알았는지 그녀는 이현 일행 쪽을 향해 똑바로 걸어왔다.

악영인이 뒤늦게 그녀의 출현을 깨닫고 안색을 가볍게 굳혔다.

"그, 금의위 진무사! 어째서 이곳에……?"

이현이 두 사람을 향해 말했다.

"우리 튀자!"

"예?"

아직 상황 파악이 안 된 북궁창성과 달리 악영인은 바로 고개를 끄덕여 보였다. 그녀 역시 이현과 똑같은 생각을 머릿속에 떠올렸기 때문이다.

그러나 한발 늦었달까?

"야아!"

주목란이 이현을 향해 손을 흔들어 보였다. 만면에 활짝 미소가 떠올라 있는 게 흡사 갑자기 수백 송이 꽃이 핀 듯하다. 강동제일미녀인 모용조경과는 또 다른 매력을 자아내는 게 보기 드문 미녀임을 알겠다.

이현이 떨떠름한 표정이 되었다.

'됬구만!'

악영인은 아직 포기하지 않았다.

'형님, 뭐 하시우! 얼른 튑시다! 우리는 할 수 있수! 형님과 내가 힘을 합한다면 말이우!'

이현이 고개를 저어 보였다.

'안 돼!'

'왜?'

악영인은 거의 울 것 같은 표정이 되었다. 이현이 자신의 마음을 못 알아주는 것 같아서 울컥했다. 지금 이 상황이 너무나 억울한 것이다.

그러거나 말거나 어느새 이현에게 다가온 주목란이 입가에 미소를 매단 채 말했다.

"이 대가, 시험은 잘 보셨나요?"

이현이 무심하게 고개를 끄덕여 보였다.

"뭐, 그럭저럭."

"잘됬군요."

'뭐가?'

이현이 의아한 시선을 던지자 주목란이 그에게 살짝 다가들며 나직하게 말했다.

"저랑 얘기 좀 할까요?"

"또 호위무사를 해줘야 하는 것이오?"

"특별히 그럴 필요는 없어요. 그냥 잠깐만 시간을 내주면 돼요."

"……."

이현이 잠시 주목란의 갈색 눈동자를 바라보다 천천히 고개를 끄덕여 보였다.

"형님!"

"나중에 공부자관에서 보자!"

"하, 하지만 형님!"

악영인이 다시 다급하게 이현을 불렀으나 돌아온 건 한 차례 손짓뿐이다.

'또다! 또야!'

악영인이 주목란과 함께 걸어가는 이현을 바라보며 내심 발을 동동 굴렀다.

가슴속에서 천불이 난다는 게 이런 심정일까?

그녀는 주목란과 함께 멀어져 가는 이현이 야속해서 가슴이 터질 것만 같았다. 어깨를 나란히 하고 멀어져 가는 이현과 주목란의 모습이 지나칠 정도로 잘 어울려 보였기 때문이다.

그때 북궁창성이 호기심 어린 표정으로 악영인에게 질문했다.

"저분이 서안성에 입성한 첫날 만났다던 금의위의 진무사 대인이신 것이오?"

"보면 몰라서 그런 걸 묻는 거야?"

"그럼 이건 심상치 않은 일이겠구려."

"뭐가 심상치 않은데?"

"상대는 금의위의 2인자인 진무사 대인이오. 그런 존귀한 신분의 사람이 이 사형에게 몇 번이나 관심을 표명하는 건 결코 가볍게 보아 넘길 일은 아닐 것이오."

"……"

악영인이 북궁창성을 묘하게 바라봤다.

그가 속한 산동악가는 본래 무림의 세가라기보다는 군문에 가까웠다. 무림에 출도하는 자제보다 병부나 관군에 투신하는 자가 훨씬 많았다.

게다가 관외라곤 하나 악영인 역시 군역에 종사한 터.

금의위의 무서움에 대해 누구보다 잘 안다고 할 수 있었다. 주목란에게 두 번이나 이현을 빼앗기고도 참을 수밖에 없는 이유이기도 하다.

하나 북궁창성은 어떻게 금의위에 대해 이렇게 민감한 반응을 보이는 것일까?

잠시 염두를 굴린 후 악영인이 말했다.

"혹시 북궁세가 쪽에서 전언 같은 걸 받은 거냐?"

"서안성에 황실의 야심가로 불리는 칠황야가 왔으니, 특별히 행동을 삼가라는 말 정도는 전해 받았소."

'칠황야!'

악영인의 눈에서 갑자기 새파란 불꽃이 일어났다.

第四章

검치 노철령! 황궁제일의 고수!

칠황야 구천세야 주세민!

그에겐 잊혀지지 않는 존재였다. 아니, 잊을 수 없는 존재라고 할 수 있었다.

피를 나눈 혈제보다 끈끈했던 혈사대를 뒤로한 갑작스러운 퇴역!

그 같은 결정을 내리게 한 장본인이 바로 칠황야였다. 그녀의 가슴속에 깊은 상처를 남긴 인물이었던 것이다.

'가만! 그런 칠황야와 금의위의 진무사가 동일한 시기에 서

안에 왔다고?'

오싹한 기분이 들었다.

스멀거리는 피 내음이 코끝을 스쳐 왔다.

북궁창성의 말마따나 그냥 묵과하고 넘어갈 일이 아니란 생각이 들었다.

한데, 그때 두 사람 쪽을 향해 한 가닥 바람과 같은 신법을 발휘해 모용조경이 신형을 날려왔다.

움찔!

악영인이 모용조경을 보고 가볍게 몸을 떨어 보였다.

현재 그녀가 세상에서 가장 껄끄러워 하는 대상!

다름 아닌 파혼녀인 모용조경이었다.

그녀가 이현과 함께 공부자관에 왔을 때 얼마나 놀랐던가. 진짜 악연도 이런 악연이 없다는 생각이 들었다.

그때 악영인과 북궁창성을 발견한 모용조경이 순간적으로 가속해서 두 사람 앞에 도착했다.

"이 공자님은요?"

'왜 형님을 찾는 건데?'

악영인이 경계심을 품고 모용조경을 노려보자 북궁창성이 진중한 표정으로 말했다.

"모용 소저, 어째서 이 사형을 찾으시는 것이오?"

"공부자관이 폐쇄됐어요."

"예?"

놀라서 입을 가볍게 벌린 북궁창성에게 모용조경이 빠르게 설명했다.

"한 식경쯤 전에 갑자기 공부자관에 수백 명이 넘는 병사들이 몰려와서 학생들과 학사들을 모조리 잡아들였어요."

"죄명은 뭐라고 하던가요?"

"그런 걸 들을 여가가 없었어요. 이 공자님께 이 사실을 알려야 한다고 생각했거든요."

"그런……"

북궁창성이 이맛살을 찌푸려 보인 것과 동시였다.

"당했다!"

악영인이 한 손을 주먹으로 내려치며 나직하게 부르짖었다. 그러자 모용조경 역시 입을 가볍게 벌렸다. 악영인의 부르짖음을 듣고 자신의 실책을 깨달을 수 있었다.

그리고 바로 그때!

우르르르르!

우르르르르!

모용조경, 악영인, 북궁창성이 서 있던 시험장 앞으로 무수히 많은 병사들이 모여들었다. 당장 전장에 나가도 충분할 정도로 완전 무장을 한 병사들이 세 사람을 몇 겹에 걸쳐서 포위해 버린 것이다.

모용조경의 고운 아미가 살짝 추켜올라 갔다.

"잡배들! 이런 식으로 함정을 파다니!"

살기를 일으키며 수중의 천룡보검을 뽑아 들려는 모용조경을 악영인이 재빨리 제지했다.

"모용 소저, 상대는 관군이오!"

"그래서요?"

"설마 저 관군 수천 명을 몽땅 천룡보검으로 베어버릴 작정은 아니겠지요?"

"이곳을 탈출하는 데 수천 명이나 벨 필요는 없어요!"

"하지만 저들은 이미 모용 소저의 내력에 대해 알고 있을 것이오. 모용가를 위해서 지금은 자중자애(自重自愛)할 때일 거라 생각하오."

"……"

수천 명의 정예 관병과 일전을 불사할 것처럼 결기 넘치던 모용조경이 주춤했다. 악영인이 한 말대로 자신이 이곳에서 관병을 베고 탈출한다 하여 끝날 문제가 아니란 생각이 들었기 때문이다.

그때 세심한 눈빛으로 관병의 움직임을 살피던 북궁창성이 갑자기 앞으로 나섰다.

"혹시 이곳에 도지휘사에 계신 백유 첨사(僉事) 대인을 아시는 분이 계신지요?"

"자네가 어찌 백유 첨사 대인을 아는가?"

관병을 이끄는 자 중 우두머리로 보이는 중년의 천부장이 앞으로 나섰다.

그러자 그의 복색을 빠르게 살핀 북궁창성이 정중하게 공수한 후 말했다.

"소생은 북궁가의 자제 창성이라 합니다. 백유 첨사 대인은 아버님과 막역하신 분이시지요."

"북궁가……."

천부장이 나직이 중얼거리다 안색이 가볍게 변했다.

이곳은 섬서성의 성도인 서안!

섬서성을 거점으로 천하제일세가로 위명이 쟁쟁한 서패 북궁세가를 모르는 자가 있을 리 만무하다.

하물며 북궁창성이 부친과 막역하다 말한 백유 첨사는 도지휘사에서도 1인자인 도사 바로 아래의 2인자였다. 섬서성의 군무를 총괄하는 도지휘사에서도 최고의 권력자 중 한 명이라 할 수 있었다.

결국 천부장의 안색이 봄날의 눈 녹듯 사르르 풀렸다.

"…허허, 본래 북궁세가의 귀공자셨구려! 그런데 어쩌다가 북궁세가의 귀공자가 불온한 자들과 함께하시게 되었는지 모르겠소이다?"

"불온한 자들이라니!"

버럭 소리를 지른 이는 악영인이었다. 그녀는 북궁창성을 살짝 노려보고 천부장에게 몇 걸음 걸어가 자신의 가슴을 강하게 쳤다.

"나는 산동성 악가주의 4남 악무산이오! 언제부터 수백 년 동안 조정에 충성을 바쳐온 산동악가의 자제가 불온한 자라 불리게 되었더란 말이오!"

"산동악가? 자네가 산동악가주의 4남이란 말인가?"

"그렇소! 게다가 나는 얼마 전까지 관외에서 별동대 부대를 이끌고 장성을 넘으려 하는 이민족들로부터 국가와 백성을 지켰소이다! 지금은 비록 퇴역하긴 했으나 동료들과 함께했던 긍지를 가슴속에 담고 있거늘, 어찌 불온한 자라 말할 수 있단 말이오?"

"끄응!"

천부장이 앓는 소리를 냈다.

본래 그는 오늘 도지휘사의 정점인 양환경의 명에 따라 서안성에 잠입한 불온 세력을 제압하기 위해 달려왔다. 그들 중 무공의 고수가 있다는 말을 듣고 수천 명의 정병을 이끌고 왔는데, 놀랍게도 북궁세가와 산동악가의 자제를 맞상대하게 될 줄이야.

'이거 일이 심상치 않구나! 어쩌면 윗분들의 정쟁에 끼어든 꼴이 되었는지도 모르겠어. 그러니 이 일을 어찌해야 한다?'

정쟁(廷爭)!

 중앙 관계에서부터 지방의 작은 관청까지 어디에나 존재하는 싸움이다. 보통은 유력자에게 줄서기부터 시작되는데, 그렇게 세력이 형성되면 하나의 권력을 놓고 반대파와 원수처럼 싸우게 된다.
 어쩔 수 없다.
 당연한 세상의 흐름이었다.
 본래 조정을 비롯한 천하의 관청에 들어갈 일자리는 한정되어 있고, 그 자리를 차지하려는 자는 무수히 많았다.
 특히 요직이라 할 수 있는 자리는 극히 적어서 관직에 오른 모든 벼슬아치들은 전심전력으로 이전투구(泥田鬪狗)를 벌일수밖에 없었다. 어떻게든 반대파를 숙청하고 낙마시켜야만 자신들이 권력을 장악하고 마음껏 휘두를 수 있는 까닭이었다.
 그러니 문관과 무관을 떠나서 이 정쟁이란 것에 하급 관리가 휩쓸리면 항상 끝이 좋지 못했다.
 대마불사(大馬不死)라 하지 않던가!
 정쟁을 시작한 당사자인 윗대가리들은 결과가 어떻든 항상 잘 빠져나간다.
 불구대천의 원수처럼 싸우던 자들이 어느 날 갑자기 만나서 서로 간에 선물 같은 걸 주고받고는 마치 아무런 일도 없었던 것처럼 정쟁을 끝내는 것이다.

당연히 그건 대마라 죽지 않는 윗대가리들의 일이다.

정쟁에서 패한 쪽의 아랫것들은 그 순간부터 지옥을 경험하게 된다. 작게는 한직으로의 좌천이요, 크게는 목숨까지 위태로운 상황에 직면하게 되는 것이다.

그래서 천부장 홍정각은 그동안 매사 줄타기를 하지 않았다.

지난바 용력이나 무공 실력은 자신 있으나 줄을 잘 설 정도로 정세에 밝지 못했기 때문이다.

잠시 고민에 빠져 있던 홍정각이 모용조경 쪽을 바라봤다. 저런 미인은 섬서성 제일의 성도인 서안에서 오랫동안 군무를 맡아왔어도 처음 보는 것 같다. 여춘원의 최고 미인이라는 종미라면 저만큼 아름다울까?

홍정각의 시선이 모용조경을 향한 걸 눈치챈 악영인이 얼른 말했다.

"이 소저는 강남의 명문세가인 모용가의 여식이오! 모용가의 가주는 절강성 쪽 절도사 대인과 막역한 사이라고 알고 있소이다!"

'절강성 쪽 절도사? 아주 고관대작들이 몽땅 연루되었구나! 연루되었어!'

악영인의 말이 쐐기가 되었다.

홍정각은 이번에 동지휘사 양환경이 내린 명령이 확실한 정쟁의 산물이라고 판단 내렸다. 몇 명의 고관대작들이 중앙 정계와 관련되어 작당 모의를 하다가 힘겨루기에 들어간 게 틀림없는 것이다.

그렇다면 이럴 때 힘없고, 뒷배 봐주는 사람 없는 자신 같은 하급 무관은 어찌해야 하는가?

'복지부동(伏地不動)!'

배를 바닥에 찰싹 붙이고, 무슨 일이 있어도 움직이지 않는다!

그게 바로 조금이나마 관리로서의 목숨을 연명할 수 있는 일일 터였다.

삭삭!

갑자기 근엄한 얼굴에 어울리지 않게 투박한 손을 비벼 보인 홍정각이 북궁창성에게 말했다.

"북궁 공자, 소장이 친구분들과 함께 조용한 곳으로 뫼시고 싶은데 어떻겠소이까?"

"우릴 어디로 데려가시려는 건지요?"

"현재로선 편안한 곳으로 뫼시겠다는 말밖엔 할 수 없소이다. 북궁 공자와 친구분들 모두 명가의 자제들인 것 같소이다. 본래는 바로 놔드려야 마땅하겠으나 이번 사태는 소관 혼자서 독단적으로 처리할 수 없소이다. 그러니 잠시만 불편함을 참아주시기 바라겠소."

'우릴 잡아들이라는 명령은 백유 첨사 대인보다 윗선에서 내려진 거로구나!'

북궁창성의 안색이 가볍게 굳었다. 설마하니 북궁세가와 도지휘사의 2인자인 백유 첨사의 이름을 거론했는데도 상황이 호전되지 않을 줄은 몰랐기 때문이다.

그러나 여기는 섬서성!

북궁세가의 본거지였다. 산동악가 출신인 악영인이나 강남에 거점을 둔 모용가의 모용조경을 보호해야 한다는 생각과 함께 북궁창성이 천천히 고개를 끄덕여 보였다.

"장군의 말대로 따르도록 하겠습니다."

"어이!"

반발하려는 악영인을 북궁창성이 손을 들어 제지했다. 그리고 한성같이 맑은 눈으로 그를 응시하며 말했다.

"악 사제, 이번 일은 내게 맡겨줬으면 좋겠소."

"책임은?"

"지겠소!"

"……."

악영인이 단호한 북궁창성의 대답을 듣고 입을 꾹 다문 채 고개를 끄덕여 보였다. 이현의 총애를 받는 북궁창성을 싫어

하긴 하나 그동안 경험한 그는 누구보다 올곧은 인물이었다. 그런 그가 이렇게까지 말하니 악영인으로서도 더 이상 반발하긴 힘들었다.

모용조경 역시 마찬가지다.

그녀는 잠시 북궁창성과 악영인을 바라보고 천룡보검의 검병에서 손을 떼어냈다. 일단 기다려 보기로 마음먹은 것이다. 이현이 돌아올 때까지 말이다.

*   *   *

까닥!

이현은 주목란을 따라서 걸음을 옮기다 목을 가볍게 흔들어 보였다.

그러자 주목란이 태연하게 말한다.

"큰일 아니니까 그냥 저랑 계속 걸어가요."

"큰일인지 아닌지는 내가 결정할 일인 것 같은데?"

"이 대가의 그런 점 좋아해요. 하지만 지금은 제 말대로 하시는 편이 좋아요."

"누구한테 좋다는 거요?"

"그야 당연히 우리 두 사람 모두에게죠."

'우리 두 사람 모두에게라······'

이현이 주목란을 묘한 표정으로 바라봤다.

십 년 만에 재회한 그녀는 참 많이 변했다.

외모는 여전히 꽃다웠던 십 년 전과 비교해 그다지 변한 게 없으나 그 외의 모든 점은 완전히 딴판이었다. 사실 엄밀히 말해서 십 년 전보다 지금의 주목란이 훨씬 이현에게 인상적이라 할 수 있는 것이다.

이런 이현의 속내를 아는지 모르는지 주목란이 첨언하듯 말했다.

"이 대가도 짐작했겠지만 오늘의 만남은 3일 전과는 달라요."

"어떻게 다르단 거요?"

"순수한 재회가 아니란 거죠."

"처음부터 순수함과는 거리가 먼 재회였던 것 같소만?"

"그렇게 계속 까칠하게 나오실 거예요?"

주목란이 살짝 눈을 흘기자 이현의 미간 사이에 살짝 골이 패였다. 문득 귓전으로 흘러들어 온 그녀의 전음 때문이다.

[현재 저는 곤란한 상황에 처했어요. 그래서 이 대가에게 도움을 요청하기 위해 서안을 찾아왔는데, 하필이면 반대파의 수장과 맞닥뜨리게 되었네요.]

'황실 내부에서 암투가 벌어지고 있다는 건가?'

이현은 내심 눈을 빛내며 안색을 평상시처럼 변화시켰다. 주목란이 이런 식으로 자신과 소통하려는 데는 이유가 있을 터였다. 아직 그녀의 진정한 의도를 파악하지 못한 만큼 일단 시간을 두고 지켜보는 편이 옳을 터였다.

주목란이 입가에 흐릿한 미소를 매달았다.

[후후, 과연 눈치는 여전하시네요.]

[설명을 계속하시오.]

무심한 이현의 재촉에 주목란이 다시 눈을 흘겼다.

[멋대가리 없는 성격 역시 마찬가지고요. 암튼 반대파의 수장은 무척 강해요. 사부님께서 감히 어쩌지 못하실 정도로요.]

[검치(劍治) 노야께서도 감히 어쩌지 못하신다는 건 믿기 힘들군.]

[물론 사부님께서 직접 무력을 사용하신다면 단숨에 해결할 수 있겠지요. 하지만 사부님께서는 주 황실에 충성의 맹약을 하신 분이에요. 황족끼리의 다툼에 그분이 나설 순 없는 노릇이지요.]

[그렇군.]

이현이 비로소 납득한 듯 고개를 미미하게 끄덕여 보였다.

검치 노철령!

당금 무림에서는 거의 무명(無名)이나 다름없는 이름이다.

어쩔 수 없다.

그가 바로 금의위와 어깨를 나란히 하는 동창의 우두머리인 제독태감이자 황궁제일고수이기에.

동창에 속한 자들이 그렇듯 검치 노철령 역시 환관이었다.

사내이되 사내로 불리지 못하는 존재. 오로지 황제만을 위해서 모든 인생을 할애해야만 하는 존재. 그러나 그렇기에 황제의 위세를 그대로 부여받아 일인지하 만인지상의 위치를 점할 수 있는 존재.

그 환관 중 가장 미천한 신분으로 황궁에 들어간 노철령은 어린 시절 우연찮게 황궁보고에서 기연을 만난다. 수대 전 천하를 제패한 초대 황제가 탐욕스럽게 무림에서 긁어모은 무학비전들 속에서 전대미문의 신공절학을 취득하게 된 것이다.

보잘 것 없는 어린 환관이었던 노철령에겐 그야말로 인생역전의 대기회!

노철령은 이를 헛되이 낭비하지 않았다.

어린 그는 전심전력으로 노력해서 신공절학을 익혔고, 그렇게 상승한 무공을 십분 발휘해 동창에 들어갔다. 그곳이야말로 자신이 황궁에서 웅지를 펼칠 수 있는 가장 좋은 장소임을 알고 있었기 때문이다.

그렇게 1갑자의 세월이 지나갔다.

어리고 미천했던 환관 노철령은 동창의 정점인 제독태감에 올랐고, 황궁제일고수인 검치가 되어 황제의 수호신이 되었다. 어느 누구도 감히 넘볼 수 없는 위치를 스스로의 힘으로 거머 쥔 것이다.

이런 검치 노철령에 대한 일화를 이현은 어린 시절 사부 풍현진인에게 들어 익히 알고 있었다. 풍현진인과 노철령은 본래 같은 마을에서 어린 시절을 보낸 죽마고우였고, 몇 번의 고난을 함께한 사이라고 했다.

그래서 이현에게 있어 노철령은 사부 풍현진인과 비슷한 사람이었다. 그의 무공이 능히 당대 천하제일인이라 불리는 운검진인에 못지않다는 걸 알면서도 출종남천하마검행 때도 감히 도전할 생각을 하지 않은 건 바로 그 때문이었다.

'그런데 그 검치 노야께서 내 도움을 필요로 하신다니, 골치 아프게 됐군.'

사부 풍현진인은 후일 말했다.

검치 노철령과의 관계는 자신 대에서 끝난 것이니, 결코 다시는 종남파가 황실의 일에 끼어들어선 안 된다고.

그러니 이현으로선 딱히 지금 검치 노철령이나 그의 제자인 주목란을 도울 이유가 없었다. 사실 엄밀히 말한다면 오히려 사부 풍현진인의 유지를 받들어 그들과의 관계에 거리를 두는 것이 마땅할 터였다.

하지만 이현은 이미 그러기엔 늦었음을 직감하고 있었다.

주목란과 걷고 있는 현재.

그의 예민한 기감은 뒤에 남겨 놓은 북궁창성과 악영인 등에게 몰려드는 수천의 군세를 정확하게 포착하고 있었다. 어쩌면 주목란은 이현을 그 군세로부터 빼돌리기 위해 직접 나선 것인지도 모른다.

하지만 어째서 주목란의 반대 세력은 이렇게까지 이현 일행에게 압박을 가하는 것일까?

'아무리 생각해도 뭔가 찜찜한데?'

이현이 내심 고개를 갸웃해 보일 때였다.

우뚝!

갑자기 걸음을 멈춘 주목란이 이현을 바라보며 말했다.

"이 대가, 제가 이번 식년과의 시험관이랍니다."

"……!"

이현의 동공이 확대되었다. 갑자기 주목란에게 완벽하게 허를 찔려 버렸기 때문이다.

그러자 주목란이 입가에 장난스러운 미소를 매단다.

"후후, 염려 마세요. 이 대가를 고의로 떨어뜨릴 생각은 없으니까요."

"내가 고맙다고 해야 하는 거요?"

"고마워하실 필요는 없어요. 하지만 식년과를 합격하면 바로 북경에 가야 한다는 건 아실 테죠?"

"북경에……."

이현의 안색이 다시 구겨졌다. 주목란이 한 말을 듣고 깨달았다. 그가 식년과를 통과해 북경에 가게 되는 것만으로 그녀는 목적을 완벽하게 달성했다는 것을 말이다.

'…주 군주가 시험관인 식년과를 통과한 것만으로 나는 그녀의 사람으로 인식될 수밖에 없을 것이다. 그리고 나와 관계 있는 사람들도 역시. 아! 그래서 주 군주는 지금 이 순간 나를 보호하고 있는 것이로구나! 내가 자신의 사람임을 반대 세력에게 확실히 알리기 위해서!'

속이 끓는다.

완벽하게 주목란에게 당했다는 생각에 화가 치솟아 올랐다.

그러자 이현의 이 같은 속내를 읽은 주목란이 다시 선수를 쳤다.

"이 대가, 미리 사죄를 드려야 할 것 같네요."

"뭘 잘못했기에 사죄를 하시는 것이오?"

"지금쯤 이 대가와 관계된 모든 사람들이 관부에 잡혀 들어갔을 거예요. 현재 제가 상대하는 세력은 그 정도의 일쯤은 아무렇지도 않게 벌일 수 있을 만큼의 권세를 가지고 있거든요."

"내게 접근할 때부터 이런 일이 벌어질지 몰랐던 건 아닌 듯하오만?"

"우려는 했어요. 하지만 이렇게 빨리 저들이 움직일 줄은 몰랐어요."

"……."

"그렇지만 너무 걱정하실 필요는 없어요. 제가 어떻게든 이 대가와 관계된 분들을 무사 방면이 되도록 힘을 쓸 테니까요."

"그러니 나는 주 군주를 고마워해야만 하는 것이오?"

"굳이 그러실 필요는 없어요. 제가 할 수 있는 일은 그저 임시방편에 불과하니까요."

"임시방편?"

"예, 임시방편이요. 이 대가도 아시겠지만 절대적인 권력을 탐하는 자들은 결코 중간에 싸움을 끝내지 않아요. 그런 짓을 하는 순간 자신이 이뤘던 모든 걸 상대방에게 빼앗기고 목숨마저 위태로워지니까요."

"그래서 끝까지 가야겠다?"

"예, 이 대가와 함께 끝까지 가보려 합니다. 그러니 부디 소녀를 십 년 전처럼 도와주세요."

주목란이 진지한 표정으로 고개를 숙여 보이자 이현의 안색이 더욱 딱딱하게 굳었다. 금의위 진무사이기 이전에 황실의 군주인 그녀에게 이런 인사를 받았으니 그 대가는 상상을 초월할 정도일 터였다.

하지만 이현은 이현이다.

잠시 후 그는 평상시와 다름없는 표정을 회복했다.

"주 군주, 술이나 사주시오."

"예?"

"이번 식년과 때문에 꽤 오랫동안 술 한잔 마시지 못하고 공부만 했소. 그래서 오늘은 죽자고 술집에서 달릴 생각이었는데, 주 군주 때문에 완전히 망해 버렸단 말이오."

"그러니 꿩 대신 닭이라고, 저하고라도 술을 마셔야겠다는 건가요?"

"주 군주 정도면 꿩 대신 닭이 아니라 봉황이라고 생각하오만?"

"호호, 그건 영광이로군요. 제가 그렇게 좋은 술친구는 되어드리지 못할 텐데……."

"그런 건 걱정할 필요 없소. 어차피 주 군주에게 그런 건 기대하지 않으니까."

"…그럼 어째서 제가 봉황이 되는 걸까요?"

"그야……."

이현이 말끝을 흐리며 손가락으로 동그라미를 그려 보였다.

'전주가 되어 달라?'

주목란은 다소 기가 막혔으나 곧 입가에 미소를 지으며 고개를 끄덕여 보였다.

"그런 거라면 걱정하지 마세요. 오늘 서안성의 모든 술집은 이 대가 거니까요."

"좋아!"

주먹을 불끈 쥐고 버럭 소리 지른 이현이 주목란을 재촉해 술집으로 향했다. 그동안 봐뒀던 술집으로 곧장 직진하기 시작한 것이다.

                    *   *   *

청향루.

여춘원을 제외한다면 단연코 서안성 최고의 기루라 할 수 있는 이곳은 갑자기 대낮부터 난리통을 겪었다. 느닷없이 들이닥친 도지휘사의 병사들에 의해 대낮부터 음주 가무를 즐기던 손님들이 몽땅 쫓겨나고 통제에 들어갔기 때문이다.

당연히 청향루의 안팎은 부산스럽기 이를 데 없었다.

기녀들은 두려움에 떨고, 하인과 하녀들 역시 눈치를 보기에 여념이 없었다.

그런 청향루의 상방.

도지휘사의 천인장 홍정각의 안내를 받아 청향루로 온 북궁창성, 악영인, 모용조경은 침묵 속에 시간을 보내고 있었다.

그만큼 현재의 조합은 어색함, 그 자체였다.

북궁창성과 악영인은 본래 사이가 나빴고, 모용조경은 악영인과 얼마 전 태중정혼을 깼다. 본래 한자리를 차지하고 있다는 것 자체가 문제 될 만한 사람들이 공권력에 의해 같은 공간에서 장시간 머물게 된 것이다.

악영인이 침묵을 견디다 못해 버럭 소리 질렀다.

"언제까지 이런 곳에 붙잡혀 있어야 하는 거야!"

북궁창성이 나직이 말했다.

"악 사제, 진정하시오."

"뭘 진정하라는 거야? 이게 다 북궁 애송이 네놈 때문에 벌어진 일이잖아!"

"그건 또 무슨 소리요?"

"네가 몽땅 책임지겠다며? 몽땅 책임지겠다고 아주 그냥 엄청 근엄 진지하게 말하는 바람에 완전히 무장해제하고 이런 곳에 갇히게 된 거 아니냐구?"

"우린 갇힌 게 아니오."

"뭐?"

악영인이 기가 막힌 표정을 던지자 북궁창성이 굳건한 표정을 유지한 채 말했다.

"이곳 청향루는 북궁세가의 사업장이오."

"뭐? 정말!"

"그렇소. 서안성에는 본가에서 관할하는 사업장이 몇 군데 있는데, 그중 하나가 바로 이곳 청향루라고 알고 있소."

"그걸 왜 이제야 얘기해 주는데?"

"그건……."

잠시 머뭇거리던 북궁창성이 조심스러운 표정으로 말을 이었다.

"…청향루가 본가의 평범한 사업장이 아니기 때문이오."

"비밀 지부 같은 거라는 뜻?"

"……."

북궁창성이 고개를 끄덕여 긍정하자 악영인이 갑자기 '푸핫!' 하고 폭소를 터뜨렸다.

언제 짜증 나서 미쳐 버리겠다는 표정을 짓고 있었냐는 듯 그녀의 얼굴은 어느 때보다 환해져 있었다. 흡사 뭔가 아주 재밌는 사실을 알아낸 것 같다.

북궁창성이 눈살을 가볍게 찌푸려 보였다.

"뭐가 그렇게 웃기는 것이오?"

"푸하하, 미안! 미안!"

손을 들어 보이며 웃음을 멈춘 악영인이 눈을 빛내며 말을 이었다.

"하지만 정말 놀랐는걸? 그 대단하신 서패 북궁세가에서 서안에 기루 같은 걸 몰래 운영하고 있었다니 말야?"

"비꼬지 마시오. 악 사제도 알다시피 한 지역의 패자를 유지하는 세가에겐 그 나름대로의 사정이란 게 있는 것이오."

"그 나름대로의 사정이란 게 궁금한데?"

"그건 말해줄 수 없소."

"말해줄 수 없는 건가, 아니면 말해줄 거리를 알지 못하는 건가?"

"……."

북궁창성이 이맛살을 찌푸린 채 입을 다물자 여태까지 침묵을 지키고 있던 모용조경이 입을 열었다.

"그 점은 저도 궁금하군요?"

"모용 소저……."

북궁창성이 당황스러운 표정으로 모용조경을 바라봤다. 착각인지 모르겠으나 언뜻 준수한 얼굴이 붉게 상기된 것 같다.

악영인의 눈이 반짝 빛났다.

'오호? 요것 봐라!'

그녀는 재빨리 북궁창성과 모용조경을 연달아 둘러봤다.

서패 북궁세가의 북궁창성과 고소 모용가의 모용조경!

한 명은 근래 절맥증이 거의 완치되어 준수함과 건장함을 동시에 갖춘 미남자이고, 다른 한 명은 미녀도에서 방금 뛰어나온 것 같은 절세미녀이다.

게다가 백 년의 터울이 있다곤 하나 두 가문 모두 천하제일이란 이름을 쟁취한 적이 있는 명문세가!

세상에 이렇게 잘 어울리는 남녀가 만나는 것도 쉽지 않은 일일 터였다. 그동안 불편한 관계를 유지하고 있었던 북궁창성과 모용조경이나 이렇게 한 걸음 떨어져서 지켜보자니 그야 말로 한 폭의 원앙도나 다름없어 보인다.

그렇게 악영인이 딴생각에 빠진 사이, 모용조경의 매혹적인 눈빛에 주저하던 북궁창성이 한숨과 함께 입을 열었다.

"하아! 모용 소저는 곤란함을 무릅쓰고 우리에게 위기를 알리기 위해 달려오셨소. 때문에 이렇게 우리와 고난을 함께하고 계시니, 소생이 한마디라도 속일 수는 없는 것일 테지요."

'졸립다! 졸려! 뭔 얘기를 저렇게 돌려 말하는 거냐? 북궁 애송이, 너는 그래서 안 되는 거야!'

악영인이 내심 고개를 절레절레 흔들고 있을 때 북궁창성이 창밖을 한 차례 응시하고 말을 이었다.

"본래 소생은 이곳 청향루가 본가와 관련된 사실을 몰랐소. 이곳은 본가의 비선 조직에 해당되는 곳이라 해당 관계자 외에는 위치가 알려져선 안 되기 때문이오."

"그럼 여기까지만 말씀하시도록 하시지요."

"모용 소저……?"

"이곳은 서안! 북궁세가의 안방이나 다름없는 곳인데도 은밀히 비선 조직을 운용한다는 건 필경 이유가 있을 거라 생각합니다. 그러니 타인인 제게 군이 더 이상 북궁세가의 비밀을 설명하실 필요는 없습니다."

"그래도 되겠소?"

"예."

모용조경의 담담한 대답에 북궁창성의 얼굴이 눈에 띌 정도로 밝아졌다.

청향루로 향하는 동안 그는 뜻밖에도 천부장 홍정각에게 전음으로 몇 가지 사항을 전달받았다. 놀랍게도 그 역시 북궁세가의 비선 조직에 속한 자였던 것이다.

그래서 북궁창성은 여태까지 느긋함을 유지하고 있었는데, 악영인과 모용조경의 얘기를 듣고 아차 하는 마음이 되었다. 여태까지 자기 자신만 생각하고, 그들의 불안함을 다독여 줄 생각을 하지 못하고 있었다는 자책감이 들었다.

'모용 소저는 정말 완벽한 여인이로구나! 저렇게 아름다운 용모에 빼어난 무공, 게다가 이렇게 훌륭한 마음 씀씀이까지 겸비하고 있으니 말이야!'

처음이다.

북궁창성이 여인에게 마음을 빼앗긴 건.

그는 자신도 모르게 모용조경을 빤히 쳐다보다 그녀의 시선을 느끼고 얼른 고개를 돌렸다.

가슴이 뛴다.

쿵쾅거리는 소리에 깜짝거리며 놀랄 지경이었다.

반면 모용조경의 내심은 조금 차갑게 가라앉아 있었다.

눈앞의 북궁창성!

지난 사흘간 겪어본 그는 귀공자 그 자체였다. 천하에 무수히 많은 명문세가와 고관대작이 넘쳐난다 해도 북궁창성을 능가하는 자제는 찾기가 쉽지 않을 터였다.

그야말로 완벽, 그 자체!

그러나 모용조경은 고소 모용가를 떠난 후 제법 많은 귀공자를 만나봤다. 그들은 한결같이 우아하고, 귀족적인 언사를 사용하며, 예의 바르게 그녀에게 접근했다. 그중에는 북궁창성만큼은 못해도 꽤 잘생긴 공자도 있었다.

그러나 왠지 모용조경은 그런 자들에게 관심이 가지 않았다.

어쩌면 악영인 때문인지도 모른다.

그때까지만 해도 산동악가와의 혈맹지약을 가슴속 깊이 간직하고 있었기에 귀공자들의 구애를 모조리 외면해야만 했던 것이다.

그래서 악영인에 대한 모용조경의 원망은 강렬했다.

한때는 혈맹지약을 무시하는 그녀를 천참만륙해서 죽여 버릴 생각까지 했다. 만약 혈갈 진화정에게 악영인이 사실은 악무산의 쌍둥이 여동생이란 얘기를 전해 듣지 않았다면 분명 그리했을 터였다.

'내 태중정혼자였던 악무산 공자는 어린 시절에 이미 물에 빠져 사망했다. 악가주는 본가와 맺은 혈맹지약을 잊었던 게 아니라 지킬 수 없게 된 것이었어. 그나마 다행인 건 악가주가 혈맹지약을 들먹이며 날 악가의 첩으로 들이려 하지 않은 것이려나?'

생각만 해도 끔찍하다.

혈맹지약에 얽매여서 태중정혼한 것도 모자라 정실도 아닌 측실로 들어가야 한다니!

만약 그런 사태가 벌어졌다면 모용조경은 당장 가문과 연을 끊거나 스스로 목숨을 끊어버렸을 터였다. 그게 바로 천룡검후라 불리는 그녀의 자존심이었다.

때문에 모용조경은 전날 악영인을 만나서 태중정혼을 깨버렸다. 백 년 간 유지되었던 산동악가와 고소 모용가의 혈맹지약을 당대에 없는 것으로 만들어 버린 것이다.

'북궁 공자는 훌륭해. 무공이 좀 부족한 걸 제외하면 모든 면에서 완벽하다고 할 수 있어. 하지만 아쉽게도 내 취향은 아니로구나.'

모용조경은 내심 고개를 가로저으며 문득 이현을 떠올렸다.

第五章

여춘원에서 놀다

어째서 그런 걸까?

모든 면에서 완벽한 북궁창성을 앞에 두고 왜 그 이상한 남자가 떠오르는 것일까?

정말 이상한 일이라고 모용조경은 생각했다.

그러다 곧 그녀는 이현과의 첫 만남을 떠올렸다.

숭인학관의 뒷산.

모용조경은 태중정혼자와 처음으로 만난다는 생각에 오랜 여행으로 더럽혀진 몸을 깨끗이 하고 싶었다. 혹시라도 악영인이 자신을 미천하게 생각할까 봐 걱정되었기 때문이다.

다행히 그녀는 목욕하기 좋은 계곡을 발견했고, 주의에 주의를 기울이며 몸을 씻어냈다. 오랜만의 목욕에 심신 모두가 상쾌해지는 것 같았다.

그런데 하필 목욕이 거의 끝나갈 때쯤 이현이 나타났다.

전라의 육체.

철이 든 후 육친에게조차 내보인 적이 없던 순백지신.

모든 걸 이현에게 내보이고 말았다.

'그리고 나는 그 자리에서 죽여 버리려던 이 공자에게 패하기까지 했다. 본가를 나선 후 첫 번째 패배였어. 역시 그게 문제인 걸까?'

이현은 모용조경에게 연달아 굴욕을 안겨줬다.

또한 그녀에게 아주 중요한 걸 연달아 가져가 버렸다.

마치 불현듯 찾아온 도둑놈처럼 말이다.

모용조경은 그동안 억지로 머릿속에서 지워 버리려 했던 이현과 관계된 일들을 떠올리다 문득 안색이 달아올랐다. 갑자기 자신이 숭인학관에 머물고, 서안성에 따라나선 진정한 이유를 깨달아 버렸기 때문이다.

그러자 은근한 시선으로 북궁창성과 모용조경을 살피던 악영인이 내심 환하게 미소 지었다. 두 사람이 각자의 생각에 빠져 안색을 붉히는 모습을 보고 마음이 무척 즐거워졌다. 어쩌면 앓던 이 같던 문제 두 개를 한꺼번에 해결할 수 있을 것 같았기 때문이다.

그렇게 세 사람이 동상이몽에 빠져 있을 때였다.

덜컥!

상방의 문이 열리며 두 명의 익숙한 무장이 모습을 드러냈다. 그들을 청향루로 데려온 천부장 홍정각과 금의위 위사 양홍걸이었다.

홍정각이 북궁창성에게 눈짓을 해 보이고 정중하게 말했다.

"소장의 생각대로 상부에서 무슨 착오가 있었던 것 같소이다."

"그럼?"

"북궁 공자님과 친구분들 모두 자유의 몸입니다. 청향루를 떠나 어디든 자유롭게 가시면 됩니다."

"청향루도 나쁘진 않은데……."

악영인이 나직이 중얼거리자 양홍걸이 얼른 미소 지으며 거들었다.

"악 형이 과연 풍류를 아십니다! 서안성에서 최고의 미녀와 가기가 있는 곳은 여춘원이지만 가장 놀기 좋은 건 청향루라고 하더군요!"

"…그럼 양 형, 나랑 청향루에서 술이나 한잔하지 않으시겠수?"

"그러실까요? 마침 소관도 지금부터는 시간이 좀 남으니까

악 형과 함께하도록 하지요."

"과연 양가의 대장부답게 화통하시오!"

악영인이 양홍걸에게 엄지손가락을 추켜올리고 갑자기 뭔가 생각난 듯 미간을 찌푸려 보였다.

"아차차! 양 형, 청향루는 좀 그렇고, 다른 곳에서 술을 마시는 게 어떻겠수?"

"나도 서안은 초행이라 청향루 말고는 좋은 곳을 잘 모르는데……."

"그건 내가 알아서 하겠수! 일단 나랑 함께 나갑시다!"

흡사 누가 쫓아오기라도 하는 것처럼 악영인이 양홍걸의 어깨를 잡아끌었다. 북궁창성과 모용조경 둘만이 오붓하게 있게 해주려는 일종의 배려였다.

그러나 그때 모용조경이 홍정각이 내준 천룡보검을 한 차례 쓰다듬고 자리에서 일어섰다.

"그럼 저는 이만!"

북궁창성이 당황해 소리쳤다.

"모용 소저, 공부자관에 다시 돌아오실 건지요?"

"저도 잘 모르겠네요."

그 말을 끝으로 모용조경이 청향루를 떠나가자 북궁창성이 자신도 모르게 한숨을 입에 담았다. 있을 때는 몰랐는데, 모용조경이 떠나자 마음이 크게 허했다. 마치 소중한 뭔가를 잃어버린 것만 같았다.

그때 홍정각이 헛기침을 터뜨렸다.

"험! 험!"

북궁창성이 그제야 자신의 행태를 깨닫고 부끄러움에 안색을 붉혔다.

"홍 천부장, 내게 할 말이 있으면 하시지요."

홍정각이 눈을 빛내며 말했다.

"북궁 공자, 서안성의 정세가 현재 심상치 않으니, 일단 북궁세가로 복귀하시는 게 어떻겠소이까?"

"서안성의 정세가 어떻다는 겁니까?"

"그건 도지휘사에서도 극비 사항인지라 북궁 공자에게 모두 설명하긴 힘이 드외다. 그냥 황실 내부의 정쟁의 불씨가 서안까지 날아들었다고 생각해 두시오."

'황실 내부의 정쟁?'

북궁창성은 홍정각에게 다시 뭔가를 물어볼까 하다가 포기했다.

눈앞의 천부장 홍정각은 북궁세가의 비선과 닿아 있긴 하나 도지휘사에 속한 무장이었다.

중간에서 적당한 정도의 정보를 내어주고 사례를 받는 게 전부라 무리한 요구는 할 수 없었다. 이번에도 북궁창성이 끼어 있지 않았다면 끝까지 북궁세가의 비선과 관계되어 있었음을 드러내진 않았을 터였다.

'게다가 악 사제에게도 뭔가 생각이 있을 것이다. 아무래도 산동악가는 본가보다는 병부나 관계에 확실한 끈이 존재하니까.'

문득 양홍걸과 술을 마시러 떠난 악영인을 떠올린 북궁창성이 내심 웃어 보였다. 항상 자신에게 시비 거는 게 일상인 악영인에게 신뢰를 품고 있는 자신의 모습이 좀 우스웠기 때문이다.

슥!

자리에서 일어선 북궁창성이 홍정각에게 공수해 보이고 마지막으로 청향루를 떠나갔다.

*   *   *

'대단한 걸?'

이현은 여춘원에 들어서며 내심 찬탄을 터뜨렸다.

화려함의 극을 이룬 모습이랄까?

한낱 기루라고 하기에는 여춘원의 내부는 지나친 면이 있었다. 평생을 강호의 흙먼지를 머금으며 검소하게 생활해 왔던 이현에겐 신세계나 다름없는 모습이라 할 수 있었다.

게다가 여춘원의 대단함은 단지 치장의 화려함만이 아니었다.

우르르르!

우르르르!

이현과 주목란이 들어서자마자 여춘원의 여기저기에서 수십 명이 넘는 각양각색의 기녀들이 쏟아져 나왔다.

작은 몸집에 살짝 검은 얼굴의 남방의 미녀.

작은 발에 커다란 엉덩이를 강조하는 복장의 강남 미녀.

늘씬한 키에 작은 얼굴, 풍만한 가슴을 자랑하는 북방 미녀.

거기에 더해 아라사(러시아)에서 넘어온 벽안의 금발 미녀까지…….

여춘원은 그야말로 천하 미녀들이 몽땅 모인 곳이나 다름없었다.

어떠한 사내라 할지라도 황홀함에 압도될 만한 모양새!

이현이 주목란을 돌아보며 말했다.

"우리 잘못 온 거 아니오?"

"제대로 찾아왔는데요?"

"아닌 거 같은데?"

"전혀 그렇지 않아요."

단호한 주목란의 말에 이현이 쓴웃음을 입가에 매달았다. 오늘 주목란이 아주 작정을 했다는 생각이 들었기 때문이다.

주목란이 여춘원의 미녀들을 눈으로 훑고는 이현에게 나직하게 말했다.

"이 대가, 왠지 불편해 보이시네요?"

"전혀."

"그럼 오늘 화끈하게 놀아보죠? 제가 전주는 확실하게 해드릴 테니까요."

'정말 십 년 세월이란 게 무섭구나!'

이현이 주목란의 뻔뻔한 모습에 내심 혀를 내둘렀다. 십 년전 재기발랄하고 자신감에 넘치던 왕부의 소녀 군주의 대변신에 정신을 차리기 힘들 지경이다.

그러나 그는 곧 어깨를 가볍게 으쓱해 보이며 말했다.

"뭐, 주 군주가 그렇게까지 말하니, 한번 화끈하게 놀아보는 것도 나쁘진 않겠지. 그런데 여자들의 수준이 좀 떨어지는 것 같은데?"

"……."

이현의 도발에 여춘원의 기녀들이 발끈한 표정이 되었다.

오늘 이곳은 주목란에 의해 통째로 빌려진 터.

평소 같으면 천금을 가지고 온다 해도 순번을 정해야 할 정도의 특급 기녀들이 총집결해 모였다. 수일 전 여춘원에서 하룻밤을 보냈던 구천세야 칠왕야의 방문 이후 처음 있는 일이라 할 수 있었다.

그래서 여춘원의 기녀들은 오늘도 칠왕야 정도의 거물이

올 거라 생각하고 있었다. 아침부터 부산히 꽃단장을 하고 잔뜩 긴장한 채 거물의 방문을 기다린 것이다.

그런데 놀랍게도 오늘 여춘원을 통째로 빌린 사람은 약관의 백면 공자와 우아한 미모의 주목란이었다.

의아한 기분에 서로 간에 눈치를 보지 않을 수 없었다. 여춘원이 생긴 이래 처음 벌어진 일에 어안이 벙벙해졌다고 할 수 있었다.

그리고 그때 이현이 그녀들의 가슴에 불을 질렀다.

'어머, 별꼴이 반쪽이야!'

'여자를 기루에 데려온 것도 이상한데, 우리들의 수준이 떨어지는 것 같다니!'

'미친놈! 아직 머리에 핏기도 가시지 않은 게 감히 우리를 품평해?'

여춘원 기녀들은 이현을 내심 노려보는 한편, 최대한 교태어린 표정과 동작을 취해 보였다. 특급 기녀의 자존심을 걸고 오늘 이현을 자빠뜨린 후 아예 온몸의 뼈를 푹 삭게 만들겠다는 전의에 불타오르기 시작한 것이다.

그러나 이현의 태도는 전혀 변함이 없었다.

눈앞의 특급 기녀들.

물론 예쁘다.

다양한 아름다움과 매력을 풍기고 있다.

하나 이현은 본래 술과 음식은 즐기나 여색에는 그다지 큰 관심이 없는 사람이었다. 출종남천하마검행 당시 몇 번에 걸쳐서 육체를 이용한 자객을 만났고, 각종의 음란한 색공을 경험하며 거의 돌부처나 다름없는 부동심을 완성했기 때문이다.

그건 무공의 성취에 큰 도움이 되었으나 한 명의 남자로서의 이현에게 중대한 결함을 야기했다. 근래 강동제일미녀라 불리는 모용조경 같은 절세미녀와 함께하고도 특별한 연애 감정을 느끼지 못하는 것 같은 거 말이다.

지금 역시 마찬가지다.

이현은 눈앞에서 천향국색의 특급 기녀들이 전심전력을 다해 애를 쓰고 있는 중에도 코를 킁킁거리고 있었다. 주방 쪽에서 나는 음식 냄새에 마음을 빼앗긴 것이다.

이현이 말했다.

"주 군주, 나 배가 고픈데?"

"배가 고프다고요?"

"응. 일단 뭐 좀 먹는 게 어떨까?"

"……."

주목란이 잠시 이현을 바라보다 문득 입가에 미소를 매달았다.

'이 사람, 정말 변함이 없구나! 십 년이 지나서 변한 건 단지

나뿐인 거야!'

왜 마음이 놓이는 걸까?

문득 자신의 마음의 향방에 대해 잘 모르겠다는 생각과 함께 주목란이 손을 저어 보였다. 여전히 이현을 어떻게든 유혹해 보겠다고 최선을 다해 교태를 부리고 있던 특급 기녀들을 모조리 물려 버린 것이다.

그 후 두 사람은 여춘원의 머리 기녀를 맡고 있는 왕낭낭의 인도를 받으며 특급 상방에 들어갔다.

족히 십여 명이 둘러앉아도 남을 정도의 탁자.

그 위에는 이미 각종의 요리가 수북하게 쌓여 있었다. 검소하게 살아온 이현으로선 단 한 번도 본 적이 없는 산해진미라 할 수 있었다.

"우하하핫!"

여춘원에 들어온 후 가장 환한 표정을 지어 보인 이현이 자리에 앉아 한동안 음식 섭취에 여념이 없었다.

시험의 중압감 때문이었으리라!

그는 놀랍게도 오늘 아침 일어난 후 식년과 시험을 끝낼 때까지 아무것도 먹지 않았다. 속이 텅 비다 못해서 슬슬 쓰리기 직전이라 할 수 있었다. 배가 고프다던 말은 결코 허언이 아니었던 것이다.

그렇게 이현의 배가 슬슬 채워져 갈 무렵이었다.

스르륵!

이현과 주목란만 있던 상방의 문이 열리며 한 명의 기녀가 모습을 드러냈다.

한 손에 비파를 든 이십 대 초반의 청초한 기녀.

여춘원의 쌍절 중 하나인 가기 여홍이다.

그녀는 정중하게 이현과 주목란을 향해 고개를 숙여 보이고 비파를 연주하며 노래를 부르기 시작했다.

공주오손만리정(公主烏孫萬里程),

한(漢)의 공주는 오랑캐 오손에게 가는 먼 길을 떠났고,

강주사마누천행(江州司馬淚千行)

강주사마 백낙천은 천 줄기 눈물 흘렸네.

후인기해현중취(後人豈解絃中趣)

뒷사람들 어찌 그 비파 줄 속의 뜻을 알랴,

청야침침월전랑(淸夜沈沈月轉廊)

맑은 밤 깊어 가는데 달은 행랑(行廊)을 도는구나.

백낙천의 비파행에 이현은 잠시 음식을 먹던 동작을 멈췄

다. 가기 여홍의 맑고 청아한 노래에 목덜미가 쭈뼛해지는 기
분을 느꼈기 때문이다.

전율!

그래, 바로 그것이다!

수십 명의 매력적인 기녀가 교태를 자랑할 때도 느끼지 못
했던 느낌을 이현은 지금 여홍의 노래에서 받고 있었다. 그녀
의 담담하고 아름다운 비파행에 일시 정신이 혼미해지는 걸
느꼈다. 과연 여춘원의 쌍절이라는 것인가.

그런데 그때 여홍의 연주와 노래 뒤편에서 한 명의 절세미
녀가 모습을 드러냈다.

사르륵! 사르륵!

하얗고 기다랗게 늘어진 옷자락이 끌리는 소리.

자박! 자박!

나무로 된 복도를 걸어오는 발자국 소리.

여홍의 비파행의 현란한 선율과 묘하게 어울리는 소음과
함께 불쑥 상방으로 뛰어든 절세미녀의 정체는 종미였다. 드
디어 여홍과 함께 여춘원의 쌍절로 꼽히는 서안 최고의 미녀
이자 기녀인 그녀가 모습을 드러낸 것이다.

파라라락!

종미는 등장과 함께 섬세한 몸매를 묘하게 드러낸 하얀색
궁장의 차림으로 몸을 한 바퀴 돌아 보였다.

그냥이 아니다.

여홍의 비파행에 맞춰서 그녀는 춤을 췄다.

불쑥!

갑자기 모습을 드러냈다.

길게 늘어진 치맛단 옆이 훤하게 트여 있는 사이.

그 속에서 하얗고 늘씬한 발이 은밀한 자태를 드러냈다. 교묘한 율동과 함께 흐느적거림을 보인다. 바로 이현의 앞에서 말이다.

"……!"

주목란이 살짝 눈살을 찌푸려 보였다.

여홍의 등장.

이어진 종미의 파격적인 등장.

모두 그녀가 계획했던 게 아니었다. 이현을 놀리고 떠보는 것은 여춘원에 들어섰을 때 끝내려 했기 때문이다.

그럼 이건 어찌 된 일인 걸까?

주목란이 의혹을 느낀 것과 동시였다.

스르륵!

여홍의 비파행에 맞춰서 매혹적인 춤사위를 보이고 있던 종미가 갑자기 겉옷을 벗어젖혔다. 궁장의의 상의를 탈의하고 가슴이 절반이나 드러난 복장이 된 것이다.

당나라의 복색!

한때 서안이 장안이라 불리던 시절, 천하를 호령하던 당나라의 궁중 복색이다. 역사상 가장 요염하고 색이 넘치던 시절의 무희로 여홍은 갑자기 시간을 거슬러 올라갔다.

덩실! 덩실!

그리고 더욱 격렬해지는 춤사위.

거의 반라나 다름없는 요염한 복장을 한 채 종미는 이현과 주목란의 주변을 돌아다녔다.

상방이 일순간 종미의 그림자로 가득하다.

스윽!

그러다 그녀가 탁자 위로 뛰어올랐다.

아직도 음식이 절반 이상 남아 있는 탁자 위.

그곳으로 마치 나비처럼 뛰어오른 종미가 작고 투명한 발끝을 민활하게 움직였다. 음식 사이를 종종걸음치며 여전한 춤사위를 펼치는 것이었다.

어질!

주목란은 문득 현기증을 느꼈다.

'독? 음식에 독이 있었던 것일까?'

주목란의 시선이 자연스럽게 이현을 향했다. 그러자 놀랍게도 음식 먹는 것도 잊어버린 채 종미의 춤을 넋 빠진 표정으로 바라보던 이현이 갑자기 탁자를 손바닥으로 내려쳤다.

탁!

"좋다!"

탁!

"아주 좋아!"

탁!

"더 빠르게! 조금 더 빠르게!"

탁!

네 번째로 이현이 탁자를 내려쳤을 때였다.

휘청!

커다란 탁자가 비좁다는 듯 빙글거리며 춤추고 있던 종미의 가냘픈 몸이 균형을 잃고 비틀거렸다.

투탕!

그리고 느닷없이 줄이 끊겨 버린 여홍의 비파줄!

피잉!

그 짧은 찰나의 틈을 노리고 종미의 훤하게 드러난 허벅지 사이에서 미세한 소음과 함께 비침 수십 개가 튀어나왔다.

목표는 주목란!

그러나 그 짧은 순간에 이현이 탁자를 두드리던 손을 활짝 펼쳐 주목란의 작은 얼굴을 가렸다.

콰작!

그리고 손을 거머쥐자 주목란을 노리며 날아들던 수십 개의 비침이 거짓말처럼 자취를 감춰 버린다. 천두대구식의 변화에 벽운천강수를 섞어서 종미의 암습을 막아낸 것이다.

당연히 이건 시작에 불과했다.

빙글!

순간 종미가 다시 훤하게 드러낸 허벅지를 이현 쪽으로 활짝 벌리면서 신형을 크게 회전시켰다. 마치 곡예단의 묘기를 보는 것 같은 기괴한 동작으로 늘씬하고 곧게 뻗은 발끝을 이현을 향해 휘둘렀다.

스파앗!

게다가 그녀의 발가락 사이에는 어느새 작은 소도가 끼워져 있었다.

차가운 광채!

기괴한 곡선을 그리며 이현의 목젖을 노린다. 그의 경동맥을 노리며 파고들었다.

팟!

그러나 그때 주목란의 앞에서 이동한 이현의 수장.

종미의 발가락 사이에 낀 소도를 튕겨낸다. 마치 처음부터 이런 궤적을 그릴 줄 알고 있었던 것 같은 동작이다.

"큭!"

종미가 나직한 신음과 함께 뒤로 공중제비를 돌았다. 이현과 가장 가까운 탁자 끝을 박차며 순식간에 반대편으로 몸을 띄운 것이다.

그리고 다시 그녀의 허벅지 사이에서 튀어나온 비침들!

퓨슝! 퓨슈슈슈슝!

이번에는 수십 개 정도가 아니다.

수백 개가 넘는다.

이현과 주목란 두 사람을 동시다발적으로 공격해 들어간 것이다.

하지만 다음 순간!

쾅!

이현은 탁자를 절반으로 부숴서 들어 올리는 간단한 동작만으로 종미의 공격을 차단했다. 수백 개의 비침 모두가 탁자에 가로막혀 단 한 개도 이현과 주목란에게 도달하지 못했다.

쾅!

그리고 순간적으로 탁자를 뚫고 튀어나온 이현의 수장!

찌이익!

탁자 뒤로 신형을 날리려던 종미의 기다란 치맛단을 붙잡아 잡아당긴다.

"악!"

종미가 비명을 터뜨리며 탁자에 자빠졌다.

방금 보였던 현란한 동작이나 춤사위에서 보였던 놀라운 균형 감각을 완전히 잃어버린 것이다.

슉!

그때 어느새 끊긴 비파 줄을 다시 매단 여홍이 바람같이 신형을 날려 주목란을 공격해 들어왔다.

파파파팍!

그녀는 이현이 부숴서 방패로 삼은 탁자로 인해 생긴 사각을 피해 상방의 벽을 박차며 신형을 날려왔다. 순식간에 벽을 밟으며 이동해 주목란의 상반신을 노리며 비파 줄을 튕겨냈다.

피피피피핑!

비파를 떠난 비파 줄이 날카로운 소음을 내며 주목란에게 날아들었다.

종미의 비침과는 다르다.

사방으로 튕겨진 비파 줄의 궤적은 어지러울 정도로 다양했다. 변화막측하단 표현은 이럴 때 사용하라고 만들어진 것일 터였다.

그러나 주목란은 이미 어지럼증에서 벗어나 있었다.

촤라랑!

순간, 그녀의 허리춤에서 옥대가 풀리더니 곧 낭창거리는 연검으로 변했다.

그리고 휘둘러진다.

찬연한 빛을 검신에 가득 담고서 말이다.

번쩍!

단 한 차례의 검격!

그것만으로 충분했다. 주목란을 향해 여홍이 날린 비파 줄의 공격을 막아내는 데는.

게다가 그것만으로 끝난 것도 아니었다.

스파앗!

어지럽게 날아든 비파 줄을 박살 내고도 주목란의 검격에 담긴 빛의 폭류는 끝나지 않았다. 순간적으로 쭉 늘어나더니, 단숨에 여홍의 어깨를 꿰뚫어 버렸다.

"악!"

여홍이 비명과 함께 바닥에 나뒹굴었다. 이미 반신이 피로 범벅이다. 즉사를 면하긴 했으나 지독한 고통으로 이미 정신이 혼미해 보인다.

그때 손가락을 튕겨서 종미의 마혈을 제압한 이현이 어깨를 가볍게 으쓱해 보였다.

"폭류검강? 굉장하군!"

"이 대가에 비하면 귀여운 수준일 뿐이죠. 그런데 잘도 절 지켜주셨군요?"

"호위무사가 되어 달라고 했잖소?"

"그 말 아직까지 기억하고 계셨던 건가요?"

"뭐, 주 군주하곤 오래된 사이니까."

"……"

주목란이 이현을 잠시 흐뭇하게 바라봤다. 그가 여춘원의 쌍절이라 불리는 여홍과 종미 앞에서도 냉정을 유지한 모습이 그녀를 무척이나 기쁘게 한 것이다.

그러나 그것도 잠시뿐.

슉!

곧 안색을 굳힌 주목란이 자리에서 일어섰다. 자신이 흘린 핏물 속에서 뒹굴고 있는 여홍을 추궁해서 배후를 캐내려는 심산이었다.

그러자 이현이 얼른 그녀를 제지했다.

"주 군주, 멈추시오!"

'왜?'

주목란의 의혹은 곧 풀렸다.

덜덜덜덜!

순간 핏물 속을 뒹굴던 여홍이 전신을 마구 떨어대기 시작했다.

격렬한 발작!

슉!

이현이 손을 뻗어 주목란을 자신의 뒤로 잡아끌고 발작으로 몸을 마구 튕겨대고 있는 여홍을 향해 현청건강기를 쏟아냈다. 내력을 모아서 일으킨 격공장력으로 여홍을 뒤로 날려버린 것이다.

그리고 그와 동시였다.

퍽! 푸화아아아아악!

이현의 현청건강기가 만들어낸 격공장력에 떠밀려 상방을 뚫고 날아간 여홍의 몸이 대폭발을 일으켰다. 단숨에 상방 밖의 복도를 초토화시켜 버리면서 말이다.

이현의 인상이 구겨졌다.

"천참만류멸신공!"

"천참만류멸신공? 설마 저게 그 천참만류멸신공이라고요?"

주목란의 당혹한 표정을 바라보며 이현이 천천히 고개를 끄덕여 보였다.

"내가 보기엔 그렇소."

"하지만 천참만류멸신공은 마교(魔敎)의 후신인 구마련과 대종교가 멸망한 후 사라졌잖아요? 지난 수십 년간 무림에서 이 극악무도한 마공을 사용한 자는 단 한 명도 없었다구요!"

"이젠 아니네."

"……"

언제 인상을 구겼냐는 듯 태연하게 웃어 보이는 이현을 주목란이 살짝 흘겨봤다. 본래 이런 성격인 건 알지만 마교의 후신으로 보이는 자들에게 암습을 받은 당사자 앞에서 너무 천연덕스럽다는 생각이 들었다.

그때 이현이 널브러져 있던 종미를 어깨에 들쳐메고 자리에서 일어섰다.

"주 군주, 슬슬 움직입시다."

"갑자기 꽤나 부지런해지셨네요?"

"천참만륙멸신공을 사용하는 살수들이 주 군주를 노리고 있으니까."

"그래서 계속 제 호위무사를 하시려고요?"

"뭐, 내 약점을 꽉 틀어진 사람이니까."

"단지 이유가 그것뿐인가요?"

"일단은 그렇다고 해둡시다."

이현이 슬며시 집요해지려는 주목란에게 일방적으로 대화의 단절을 선언하고, 반파된 상방을 나갔다. 주목란에게 첨언하진 않았으나 자신이 먼저 암습자들을 상대하겠다는 의지를 드러낸 것이다.

'이 대가, 아쉬웠네요! 여기서 조금만 더 날 감동시켰다면 기꺼이 목숨이라도 내드렸을 텐데…….'

주목란이 자신만 아는 중얼거림과 함께 얼른 이현의 뒤를 따랐다.

쿵! 쾅! 쿵! 쾅!

어느새 이현이 앞장선 방향 쪽에서 요란한 굉음이 연속적으로 들려오고 있었다.

이번 암습!

정말 본격적이었다.

금의위의 2인자인 진무사이자 현 황제의 총애를 받는 군주 중 한 명인 주목란을 확실히 죽여 버리기 위해 저들이 총력을 기울였음을 알겠다.

'…하지만 아쉽게도 내게는 천하무적의 호위무사가 있군요. 이제 어쩌실 작정인가요, 칠황야?'

주목란이 차갑게 눈을 빛냈다.

                    *   *   *

여춘원.

명실상부한 서안성 최고의 기루!

이곳에서 하루를 놀기 위해선 최소한 수백 냥의 은자가 소요되고, 특급 기녀라도 끼면 천 냥 정도는 써야 한다.

하지만 이런 여춘원에서도 최고로 비싼 몸값은 다름 아닌 쌍절이었다.

가기 여홍과 무희 종미는 은자만으로 살 수 없는 귀한 몸이었다. 서안을 비롯해 섬서성 일대를 호령할 만한 신분쯤은 되어야 그녀들과 즐거운 한때를 보낼 수 있는 것이다.

당연히 이 여춘원을 운영하던 왕낭낭은 콧대가 하늘을 찌를 정도였다. 몇 년 전 갑자기 여춘원을 찾은 여홍과 종미란 보물을 양손에 쥐고서 그동안 아주 즐거운 나날을 보냈다. 서 안성 일대의 내로라하는 공경대부와 부호들이 여흥과 종미 때문에 여춘원을 문턱이 닳을 정도로 드나들었기 때문이다.

그러다 며칠 전 여춘원에는 일대 경사가 있었다.

구천세야 칠황야의 방문!

하물며 그것을 주선한 건 천하를 벌벌 떨게 한다는 금의위 의 진무사였다. 드디어 여춘원의 명성이 서안성을 떠나서 천 하에까지 떨어 울릴 때가 된 것이다.

'부, 분명 그랬는데, 이게 웬 날벼락인 것이냐!'

왕낭낭은 탁자 밑으로 기어 들어가서 벌벌 떨었다. 이현과 진무사 주목란이 방문한 후 얼마 지나지 않아서 여춘원은 난 장판으로 변했다.

이현과 주목란이 들어간 특급 상방이 박살 나더니, 특급 기 녀들이 여춘원 곳곳에서 뛰쳐나왔다. 하나같이 왕낭낭이 애 지중지하는 돈줄들이다.

정말 인물하고 몸매 하나는 하나같이 끝내준다!

그런데 그 돈줄들은 이미 왕낭낭이 알던 존재들이 아니었 다.

아예 생판 남이었던 것처럼 생경했다.

돈줄들. 아니, 여춘원의 특급 기녀들은 어느새 손에 살벌한 병장기를 들고 있었다.

사방을 날아다녔다.

마구 미쳐 날뛰고 있었다.

게다가 그녀들은 어느새 서로 간에 살육전을 벌이기 시작했다. 언제 호호 언니, 동생했냐는 듯 살벌한 눈빛으로 서로를 노려보더니, 곧바로 싸움에 돌입했다. 그 모습이 마치 불구대천의 원수라도 만난 것만 같다.

'그, 그만해! 그만해, 이것들아! 너희들 몸이 얼마짜린데, 그러다가 얼굴에 상처라도 나면 어쩌려구!'

왕낭낭은 탁자 밑에서 벌벌 떨면서도 내심 부르짖었다. 진심으로 걱정되었다. 자신의 돈줄인 특급 기녀들이 상하기라도 할까 봐 말이다.

그러나 곧 그녀는 넋이 구천 밖으로 날아가 버렸다.

특급 상방을 빠져나온 이현의 어깨에 축 늘어져 있는 종미를 보고야 만 것이다.

"안 돼! 절대로 안 돼!"

왕낭낭이 절규에 가까운 비명과 함께 숨어 있던 탁자에서 뛰쳐나왔다.

여춘원 쌍절 종미!

엄밀히 말해서 다른 쌍절 중 하나인 여홍보다 더 큰 돈줄이
었다. 누구나 인정하는 서안성 제일의 미녀이자 최고의 기녀
가 바로 그녀였기 때문이다.

당연히 왕낭낭에겐 목숨, 그 자체나 다름없었다.

퍽!

하나 탁자에서 빠져나오자마자 왕낭낭은 어딘가에서 날아
온 화병에 머리를 얻어맞고 바닥에 자빠졌다. 순식간에 의식
을 잃어버렸다.

第六章

난 황제 폐하의 편!

"헐!"

이현이 나직이 탄성을 발하자 주목란이 설명하듯 말했다.

"금의위 비밀 위사들하고, 살수들이에요. 숫자를 보니까 꽤나 오랫동안 준비해 왔던 것 같군요."

"오히려 그 반대인 것 같은데?"

"어째서 그렇죠?"

"웃차!"

이현이 자신을 노리며 날아든 단검을 붙잡아 두 배의 힘을 담아 돌려줬다.

"악!"

그에게 독이 발라진 단검을 던졌던 벽안의 기녀가 비명과 함께 쓰러졌다.

그러나 이현은 그쪽에 시선조차 주지 않고 주목란에게 말했다.

"만약 오래전부터 살수들이 오늘의 거사를 준비했다면 주 군주는 절대 날 데리고 이곳에 오진 않았을 거거든."

"왜 그렇게 생각하시죠? 이 대가의 힘을 빌어서 살수들을 처리하려 했을 수도 있는데요?"

"의미가 없으니까."

이현이 이번에는 양손에 쌍검을 들고서 날아드는 기녀의 낭창거리는 허리를 발로 걷어찼다.

"악!"

콰자작!

그때 이현이 딛고 있던 나무 계단 밑을 뚫고 또 다른 기녀가 솟구쳐 올랐다.

그녀의 살짝 튀어나온 입술.

그 속에서 독이 묻은 비침이 튀어나오려는 순간 이현의 발이 다시 움직였다.

빠각!

기녀의 고개가 옆으로 확 하고 꺾여 버렸다. 비침 역시 발

사되지 못한 채 그녀의 목구멍으로 꿀렁 넘어갔다.

주목란이 고개를 절레절레 흔들었다.

"이 대가의 가차 없는 성격은 여전하군요."

"뭐, 사람 성격이 그리 쉽게 변하는 건 아니니까."

"그래도 아깝다는 생각은 들지 않나요?"

"뭐가 아까운데?"

"미인들이잖아요. 대개의 남자들은 젊어서는 미인에 약하고, 늙어서는 돈에 약하다고 하던데… 혹시 이 대가, 돈 좋아하세요?"

"돈 싫어하는 사람 있나?"

"아, 그럼……."

"나, 그렇게 늙지 않았어!"

"…겉모습으로 보면 분명 그래요."

"속도 그래! 아직 한창 때라구! 난!"

이현이 어느 때보다 강하게 주장하며 다시 공격해 들어온 기녀 두 명을 가차 없이 걷어찼다.

일견 평범해 보이는 공격!

희한하게도 잘 먹힌다.

몇 차례에 걸쳐 이어진 기녀들의 공격은 아예 시도조차 해보기 전에 분쇄되었다.

주목란이 말했다.

"그래서 이 대가, 뭐가 의미 없다는 건가요?"

"뭐?"

"방금 전에 제가 이 대가 힘을 빌어서 살수들을 처리할 수
도 있지 않겠냐는 말에 의미 없다고 하셨잖아요?"

"아!"

이현이 그제야 생각났다는 듯 탄성을 발하고 어깨를 가볍
게 추어 보였다.

"대충 보아하니 이곳에는 금의위의 비밀 위사들이 잠입한
건 그리 오래되지 않았어. 아마 주 군주가 서안행을 결정했을
때쯤 잠입한 걸 테지."

"어째서 그렇게 생각하신 거죠?"

"인피면구와 골격!"

"쳇!"

이현의 단도직입적인 말에 주목란이 나직이 혀를 찼다. 그
가 이미 금의위 비전의 신분위장법인 인피면구술과 골격변환
술의 허점을 간파했음을 깨달았기 때문이다.

이현이 말했다.

"그래도 최소한 여자들을 투입하지 그랬어?"

"그런 것도 눈치채셨어요?"

"기루에 들어서자마자 풀풀 나더군."

"무슨 냄새요?"

"홀아비 냄새. 새끼들, 사향만 잔뜩 뿌리면 케케묵은 홀아비 냄새가 가실 줄 알았나?"

"그럼 살수들은?"

"걔네도 마찬가지야."

"그래서 이번 일이 오래전부터 계획된 게 아니라고 생각하신 거로군요?"

"어."

"그럼……"

주목란이 이현의 어깨에 늘어져 있는 종미를 곁눈질하며 눈매를 샐쭉하게 만들어 보였다.

"…그녀는 남자가 아니겠군요?"

"물론."

너무나 당당한 이현의 대답에 주목란이 살짝 기가 막힌 표정을 지어 보였다. 그가 여춘원에 들어온 후 보였던 담담한 태도에 기뻐했던 자신이 바보 같다는 생각이 들었기 때문이다.

이현이 말했다.

"하물며 이건(?) 거물이야!"

"거물이요?"

"그래, 오늘 여기 모인 냄새나는 것들을 몽땅 합친 것보다 거물이야. 그러니까 내가 이렇게 들쳐메고 있는 거고."

그 말과 동시였다.

이현이 나무 계단을 부숴서 만들어낸 파편을 연달아 집어 던져서 여춘원에서 벌어진 내전을 종결시켰다. 그의 도움으로 인해 기녀로 위장한 살수 전원이 역시 기녀로 위장한 금의위 위사들에게 제압당한 것이다.

우르르르!

우르르르!

언제 요염한 특급 기녀였냐는 듯 흉악한 살기를 있는 대로 드러낸 금의위 위사들이 계단 양옆으로 도열했다. 이미 싸우던 중 변장이 풀려서 옷이 절반 이상 찢겨 나가고, 우락부락한 근육질의 몸매를 자랑하고 있다.

그때 여춘원의 정문을 박살 내고 양홍걸이 뛰어들어 왔다.

"진무사께서는 무사하신지요!"

주목란이 이현의 뒤에서 슬그머니 고개를 내밀며 대답했다.

"무사해요."

척!

그녀를 향해 부복한 양홍걸이 얼른 보고했다.

"금의위와 도지휘사의 병력을 동원해서 서안성 일대의 포위를 끝냈습니다!"

"칠황야 쪽은 어찌 됐죠?"

"서안성에 있는 처소에서 별다른 움직임을 보이지 않고 있습니다."

"저런!"

주목란이 아쉬움이 깃든 탄성을 터뜨리자 양홍걸이 안색을 딱딱하게 굳혔다.

"지금이라도 칠황야의 처소를 공격할까요?"

주목란이 고개를 저어 보였다.

"이미 늦었어요."

"예?"

"칠황야는 이미 서안성을 빠져나갔을 거예요."

"하지만……."

"사실 그는 이미 3일 전 서안성을 몰래 빠져나갔을 거예요. 이건 좀 뼈아프군요."

"……."

양홍걸은 주목란의 말을 들으면서도 얼굴에 불신의 기색을 드러냈다.

그럴 수밖에 없다.

칠왕야가 서안성에 들어오기 전부터 금의위는 전력을 다해서 그의 일거수일투족을 감시해 왔다. 비림에서의 만남 직후에는 더욱 그러했다.

'그런데 진무사께서는 칠황야가 이미 3일 전에 서안성을 빠져나갔다고 하시니, 이걸 어떻게 받아들여야 할지 모르겠구나!'

불신과 혼란에 빠진 양홍걸에게 주목란이 말했다.

"양 위사는 지금 당장 칠황야가 묵고 있는 거처로 사람을 보내서 다시 알아보세요. 이번에는 반드시 내부로 들어가서 칠황야의 얼굴까지 확인해야만 할 거예요."

"그 정도로는 부족하지."

이현이 갑자기 끼어들자 양홍걸은 인상을 썼고, 주목란은 눈을 빛냈다.

"이 대가는 칠황야에게 그림자 무사가 붙었다고 생각하시는 건가요?"

"여기에서 일을 벌인 걸 보면 충분히 그렇게 하지 않았겠어?"

"확실히 그럴 가능성도 배제할 순 없겠군요."

천천히 고개를 끄덕여 보인 주목란이 명령의 내용을 바꿨다.

"양 위사, 지금 당장 정예 백 명을 데리고 칠황야의 거처를 급습하세요!"

"예? 하지만 그랬다가……."

"칠황야는 없어요! 그러니까 양 위사가 염려하는 일은 발생하지 않을 거예요!"

"…존명!"

양홍걸이 복명과 함께 밖으로 달려 나갔다. 그를 따라왔던 금의위 병력과 함께 칠황야가 거처로 삼고 있는 명월루를 급습하러 떠나간 것이다.

이현이 나직이 휘파람을 불었다.

"휘이! 이거 내전이 벌어지는 거 아냐?"

"만약 그렇게 되면 이 대가는 누구 편을 들 건가요?"

"그야 당연히……."

"당연히?"

"…난 황제 폐하의 편이지. 본래 유학의 도리를 배우는 학사
의 입장에서 황제는 하늘의 아들인 천자이니, 그의 명령을 따
르는 게 마땅하거든."

"정말 그럴 거예요?"

"글쎄?"

이현이 다시 어깨를 추어 보이자 주목란이 얄밉다는 표정
과 함께 주먹을 휘둘렀다. 그의 어깨를 주먹으로 때린 것이다.

그러자 이현의 상체가 흔들려서인지 늘어져 있던 종미의 입
에서 나직한 신음이 흘러나왔다.

"으으!"

이현의 입가에 흐릿한 미소가 번져 나왔다.

"슬슬 시간이 됐군."

"무슨 시간이 됐다는 거죠?"

"뜻밖에 주운 거물을 취조할 시간!"

"……."

주목란이 미간 사이를 좁힌 것과 동시였다.

슥!

순간적으로 발끝으로 나무 계단을 밟은 이현이 한줄기 바람으로 변해 여춘원을 떠나갔다.

"하!"

주목란이 자신도 모르게 입을 벌렸다. 미려한 미목 사이로 짜증의 기색이 스쳐 간다. 설마하니 이현이 이렇게 그녀를 놔둔 채 떠나갈 줄 몰랐기 때문이다.

그러나 그것도 잠시뿐.

곧 평소의 담담한 기색을 회복한 주목란이 여전히 도열해 있는 반라의 금의위 비밀 위사들에게 명령을 내렸다.

"아직 살아 있는 살수들을 수습한 후 여춘원에 불을 질러서 증거를 없애도록 하세요!"

"존명!"

금의위 비밀 위사들이 복명과 함께 빠르게 움직였다.

여전히 절반 이상 변장한 상태다.

반라의 몸매와 함께 상당히 보기에 불유쾌한 광경이다. 적어도 주목란은 그리 생각했다.

'설마 저런 모습을 보고 싶지 않아서 이 대가가 갑자기 떠나간 건 아닐 테지?'

조금 의심이 든다.

항상 제멋대로 사는 이현이다. 은근히 이상한 곳에서 독특한 자신만의 세계가 있다고 할까? 항상 모두 알았다 싶으면 훌쩍 저만치 먼 곳으로 가버리고 만다.

그래서 재회한 후 그의 상황을 살펴보니, 예전엔 없던 취향이 생겨났다. 함께 다니는 자들이 하나같이 잘생긴 미남이거나 미녀였던 것이다.

슥!

문득 주목란이 여춘원 한쪽 구석에 매달린 커다란 청동거울에 자신의 얼굴을 비춰봤다. 이현이 갑자기 서안성 최고 미녀인 종미와 함께 사라진 것이 무척 마음에 걸렸기 때문이다.

'양귀비처럼 피부 관리라도 시작해야 하려나?'

딱히 그럴 필요는 없다.

이십 대 후반의 나이가 되었긴 하나 여전히 주목란은 아름다웠다.

피부 역시 갓 스물이 되었을 때에 못지않다.

뽀얗고 잡티 하나 보이지 않는다.

이현이 데려간 종미와 비교해도 분명 그러했다.

하지만 강동제일미녀라 불리는 모용조경에겐 어떠할까?

'쳇! 나도 다 됐군. 어린 계집애한테 질투 따위나 느끼고 말야……'

내심 혀를 찬 주목란이 동경에서 시선을 떼어냈다.

서안성에 올 때 가장 기대했던 이현과의 오붓한 시간이 망가졌다. 이제 그 대가를 눈앞의 흉수들에게 받아내야 할 터였다. 금의위 진무사란 강대한 권력을 총동원해서 말이다.

＊　　　＊　　　＊

　슉!

　여춘원을 떠난 이현은 단숨에 서안성 시내를 벗어나 동쪽으로 십여 리 가량을 달렸다.

　그러자 모습을 드러낸 건 전혀 이름 모를 산중.

　그다지 깊은 생각 없이 달렸으나 그럭저럭 나쁘지 않은 곳에 도착한 듯싶다.

　털썩!

　이현이 어깨에 매달고 있던 종미를 바닥에 내동댕이쳤다.

　서안성 제일의 미녀!

　절세란 말이 가장 잘 어울릴 듯한 천하 명기 종미.

　그녀가 완전한 무방비 상태로 이현 앞에 자신의 자태를 드러냈다.

　요염하기 이를 데 없는 몸매.

　청순함이 도드라져 보이는 옥용.

　모든 게 종미란 명기가 어떠한 여인인지를 있는 그대로 내

보이고 있다.

게다가 그녀는 지금 의식을 잃고 있었다.

매끈한 몸매를 절반 이상 드러낸 채 자신의 모든 걸 드러내고 있었다.

범죄적인 매력!

아니, 범죄적 충동을 자극하는 모습, 그 자체였다. 어떤 사내라 해도 항거하기 어려울 정도의 마력을 종미는 지금 침묵 속의 육체적 언어로 쏟아내고 있었다.

그러나 이에 대한 이현의 대답은 간명했다.

퍽!

그가 발로 종미의 옆구리를 걷어차자 마력을 뿜어내고 있던 그녀의 얼굴이 일그러졌다.

순백의 청순함?

아니다.

섬뜩한 살기가 마치 실선처럼 번져 나간다. 우유 위에 먹물한 방울이 또옥 떨어진 것 같이 삽시간에 종미의 얼굴 전체로 검은 기운을 확산시켰다.

이현이 피식 웃어 보였다.

"이 늙은 마녀야! 본색 드러냈으면 그만 일어나라! 더 맞기 싫으면!"

"고자 새끼가!"

종미가 살기 어린 일갈과 함께 갑자기 신형을 박차고 일어났다.

묘하게 사람의 심신을 뒤흔드는 목소리.

이현이 경고하듯 말했다.

"늙은 마녀, 여전히 날 꼬시는 걸 포기하지 못했냐? 내게 음공 따윈 통하지 않는다는 걸 알고 있을 텐데?"

"호호, 고작해야 광음환락음 8성 정도를 이겨낸 걸 가지고 애송이가 지나치게 자신만만해졌구나!"

"그럼 색정폭류공을 보여주든가."

"……."

종미의 안색이 딱딱하게 굳었다. 이현이 말한 색정폭류공은 광음환락음과 함께 그녀가 자랑하는 독문무공이었다.

둘 다 이미 무림에서는 30년 동안 자취를 감췄던 색정마공의 최고봉!

'이런 애송이를 봤나! 슬쩍 광음환락음을 언급했더니, 곧바로 색정폭류공을 말하다니! 도대체 이놈의 정체가 무언지 궁금하구나!'

광음환락음! 색정폭류공!

꽤나 오랫동안 무림에서 언급되지 않은 무림공적 천향마녀 갈소옥의 독문마공이다.

30여 년도 훨씬 전에 천향마녀 갈소옥은 무수히 많은 무림 정영의 목숨을 앗아갔고, 몇 개나 되는 문파를 멸문시켰다.

그녀의 광음환락음에 빠진 자는 음욕에 휩싸여 미쳐 날뛰었고, 색정폭류공에 모든 정혈을 빨려서 비참한 최후를 맞이해야만 했다.

고수나 하수나 예외가 없었다. 남자라는 슬픈 운명을 가진 자는 여지없이 그녀의 마수에서 빠져나가지 못했다.

결국 30년 전 무림에서는 천향마녀 갈소옥을 마교의 후신인 대종교의 잔당이라며 무림공적으로 선포했다. 마녀이기 이전에 절세의 미녀로 무수히 많은 남자들의 사랑을 받았던 그녀를 죽일 명분을 마교의 후신 대종교에서 찾은 것이다.

백여 일간 계속된 구대문파와 개방, 서패 북궁세가의 대추격!

천향마녀 갈소옥은 무수히 많은 색사(色事)와 혈사를 남긴채 자취를 감춰 버렸다. 아미파 여승들의 마지막 합공을 감당치 못하고 천길 절벽에서 추락해 시신조차 찾지 못하게 된 것이다.

당연히 이십 대 초반을 넘지 않아 보이는 외모와 달리 갈소옥의 나이는 올해로 80세가 넘었다.

평생 주안술과 채양보음술을 펼치길 게을리하지 않은 덕분에 쭉 젊음을 유지하고 있었다. 인피면구를 쓰거나 특정한 육

체변환공을 사용한 게 아니라 간단한 화장술만으로 서안성 제일의 기녀로 행세해 왔다,

덕분에 변장술에 능통한 전문가라 할지라도 현재 갈소옥의 본색을 간파하진 못했다.

설마하니 80세가 넘은 전대의 노마녀가 기녀원에서 몸을 팔고 있으리라고 누가 상상인들 할 수 있었겠는가?

그 같은 허점을 파고든 갈소옥은 지난 몇 년간 여춘원에서 최고의 기녀 노릇을 하면서 꿀을 빨아왔다. 손쉽게 양질의 양기를 겸비한 젊고 기운 넘치는 남자들을 골라서 채양보음술을 펼치며 아주 잘살고 있었다.

그러나 그녀에게 얼마 전 시련이 닥쳐왔다.

여홍.

무림공적에서 벗어나기 위해 온갖 고생을 하던 중 받아들인 제자가 문제였다. 80세가 넘은 나이로 젊은 남자들한테 꿀을 빠는 것만으로 만족하던 갈소옥과 달리 여홍은 아직 젊었다. 30년 전의 그녀처럼 야심이 넘쳤고, 꿈이 있었다. 당대의 권력가를 꼬셔서 왕후장상 부럽지 않은 삶을 살고 싶어 한 것이다.

'쯔쯧, 어리석은 것! 그런 남자는 본래 여자가 많이 따르거나 딴 데 정신이 팔려 있는 것을!'

어느 날 칠황야의 여자가 되겠다고 선포한 제자 여홍을 떠

올리며 갈소옥은 내심 혀를 찼다.

80여 년간의 남성 편력!

그로 인해 그녀는 남자의 본질을 누구보다 잘 알고 있었다. 특히 권력자와 권력을 거머쥐려 하는 자에 대해서는 거의 전문가나 다름없었다.

그런 그녀가 보기에 칠황야는 권력자이면서 더욱 큰 권력을 거머쥐기 위해 야심을 불태우는 자였다. 여자에게는 가장 해롭고 가까이하면 안 될 부류라 할 수 있었다.

하나밖에 없는 제자가 선택한 자였다.

그녀가 자신의 모든 걸 걸겠다고 결정한 남자였다.

적당히 일을 도와주다가 제자 여홍이 제정신을 차리길 기다릴 수밖에 없었다.

분명 그랬는데······.

'하아! 그 가엾은 것이 이렇게 간단히 버리는 패가 될 줄이야! 칠황야, 그 새끼! 생각 이상으로 개자식이었잖아!'

내심 전날 여춘원을 찾아 자신을 탐하던 칠황야를 떠올리며 한숨을 내쉰 갈소옥이 이현을 차갑게 노려봤다. 칠황야도 칠황야지만 일단 눈앞의 이현에게 복수를 해야만 했다. 첫 번째 계획이 들통난 것 같으니, 두 번째로 넘어가야 할 터였다.

빙긋!

갈소옥이 입가에 미소를 담았다.

그러자 이현이 말했다.

"그러지 마."

갈소옥이 입가의 미소를 더욱 짙게 만들었다.

"소협, 뭘 그러지 말라는 거죠?"

"끼 부리지 말라구."

"끼요?"

갈소옥이 무슨 말인지 전혀 모르겠다는 표정과 함께 고개를 갸웃해 보였다.

사라락!

그러자 자연스럽게 흘러내리는 그녀의 상의.

처음부터 반라에 가까운 옷차림이 완전 탈의 상태로 변해 버린 것이다.

이현이 한숨을 내쉬었다.

"에휴, 할망구, 진짜 말 안 듣네."

"호호, 뭐가요?"

갈소옥이 여전히 미소 지으며 이현 쪽으로 걸음을 옮겼다. 말투나 행동을 보면 진짜 이현이 하는 말이 들리지 않아서 다가오는 것 같다.

스르륵!

그러며 치맛단이 흘러내린다.

그리고 살며시 드러난 기다랗고 가느다란 종아리.

급격히 확산되는 허벅지와 함께 눈길을 자연스럽게 빨아들인다. 특히 사내라면 결코 이 마력적인 행태에서 벗어나지 못할 터였다.

힐끔.

이현 역시 마찬가지였다.

그의 시선이 갈소옥의 허벅지 쪽으로 흘러내렸다. 그러자 번뜩인 그녀의 눈동자!

'됐다! 이젠……'

퍽!

이현의 주먹이 갈소옥의 안면에 꽂혔다. 그녀가 오랫동안 애지중지하며 가꿔왔던 얼굴에 벽운천강수를 박아버린 것이다.

휘청!

갈소옥의 신형이 흔들렸다.

그리고 터진 쌍코피!

그녀의 코에서 핏줄기가 펑펑 흘러내렸다.

"개, 개새끼가!"

이현이 어깨를 으쓱해 보였다.

"그러니까 하지 말랬잖아."

"죽여 버린다!"

갈소옥이 버럭 소리 지르며 신형을 가볍게 돌렸다. 하얗고 현란한 나신 속에서 붉은색 혈기가 뿜어져 나온다.

류형(輪形)?

수십 개의 붉은색 류형의 혈기가 이현의 전신을 노리며 파고들었다. 거미줄처럼 그의 전신을 옭아매려 했다.

슥!

이현이 잠영보를 이용해 뒤로 신형을 빼냈다. 그리고 다시 벽운천강수를 발휘해 끝까지 그를 따라온 류형의 혈기를 잡아 뭉갰다.

찌릿!

'이거 봐라?'

이현은 자신의 벽운천강수에 담긴 강대한 내력을 뚫고 파고든 통증에 내심 눈을 빛냈다.

색공에 자신만만해 하는 전대의 마녀!

끝까지 자신에게 끼를 부리고 유혹하려 한 갈소옥의 행동에 조금 방심했던 게 사실이다.

하지만 역시 오래된 생강이란 생각이 든다. 숨겨났던 한 수를 꺼내놓자 제법 무시무시한 것이다.

'뭐, 그러니까 무림은 재밌어!'

오랜만이다.

이런 기분!

가슴이 살짝 뛰는 걸 느끼며 이현이 다시 잠영보를 발휘해 갈소옥을 향해 파고들었다.

어느새 자욱해진 혈기!

그 속에서 웅웅거리고 있는 류형의 혈기들 속으로 대뜸 뛰어든 것이다.

"미친놈!"

갈소옥이 여전히 쌍코피를 흘리며 버럭 소리 질렀다.

지금 그녀가 만들어낸 혈기!

다름 아닌 평생 동안 그녀가 채양보음술로 긁어모은 혈정(血精)이었다. 80살이 넘은 마녀를 20대의 꽃다운 미모를 유지하게끔 해주는 원동력이라 할 수 있었다.

당연히 그녀가 이 혈정을 색정폭류공을 이용해 모조리 방출한 건 자신의 살을 파먹는 것이나 다름없었다. 젊음 유지의 원동력을 한꺼번에 사용한 것이기 때문이다.

갈소옥은 속이 바짝바짝 타들어가는 느낌을 받았다.

딱 그랬다.

화가 난 김에 금단의 마공인 색정폭류공을 사용한 것인데 이현이 너무나 간단히 피해 버렸다. 그를 죽이고 혈정을 회수하려던 계획이 순식간에 실패로 돌아간 것이다.

그래서 그녀는 잠시 혼란에 빠져 있었다.

이대로 이현을 계속 몰아붙일지 혈정을 회수하고 도주할지 바로 결정을 내리지 못했다.

그런데 갑자기 이현이 오히려 자신의 혈정 속으로 뛰어들

줄이야!

갈소옥은 욕설을 터뜨린 것과 달리 입가에 미소를 매달았다. 이현이 제 발로 죽을 자리를 찾아 들어온다고 여겼다. 이 싸움은 다행히 이대로 끝나게 될 터였다.

스아아아아!

갈소옥이 혈정의 농도를 높였다.

이현이 자신을 향해 파고들다가 완전히 정혈이 고갈되어 죽어버리게 할 심산이었다.

하나 다음 순간, 갈소옥의 득의만면하던 얼굴이 새파랗게 질렸다.

번쩍!

그녀가 색정폭류공으로 만들어낸 혈정!

그 짙은 농도의 혈기를 뚫고 차갑고 몸서리쳐지는 빛 하나가 쭉 뻗어 나왔다.

'검강?'

갈소옥은 대경실색하여 바닥을 나뒹굴었다. 나려타곤을 발휘해서 늙은 나귀가 뒹굴 듯 흙바닥을 굴러다녔다.

당연히 혈정의 혈기 역시 흩어져 버린다.

삽시간에 절반 이상 농도가 옅어졌다.

그 사이로 이현이 미꾸라지가 무색할 정도로 잠영보를 펼치며 움직이더니, 바닥을 기고 있는 갈소옥의 뒷덜미를 냉큼

손으로 낚아챘다. 천두대구식을 펼친 것이다.

이어 발이 움직인다.

회심퇴다.

퍽!

"악!"

퍽!

"아악!"

갈소옥이 항상 자부심을 가지고 있던 펑퍼짐한 엉덩이를 발로 걷어차이며 연신 비명을 터뜨렸다.

본래 사람이란 게 뒷덜미를 낚아채일 때 굉장한 공포심을 느끼게 된다.

그건 고수 역시 마찬가지다.

갈소옥은 이미 이현이 맨손으로 펼친 천하삼십육검(天下三十六劍)의 천하도도에 질겁을 한 상태였다. 자신의 모든 것이라 할 수 있는 혈정을 아무렇지도 않게 갈라 버리는 장쾌한 검강에 전의 자체를 상실해 버린 것이다.

어쩔 수 없다.

그녀는 이미 30년이 넘게 진짜 고수와 싸운 적이 없었다.

실전에서 멀어져 있었다.

그게 과거와 같은 결단력을 무뎌지게 만들었고, 그 짧은 망설임을 이현이 파고들어 왔다. 자신의 최고 최강의 검법인 천하삼십육검으로 단숨에 승부를 결정지은 것이다.

그러니 완벽하게 자신감이 무너진 갈소옥은 이제 이현의 것이었다. 지금처럼 마음대로 괴롭히고 괴롭혀서 아예 반항하거나 저항할 엄두 자체를 못하게 만들어 놓을 작정이었다.

퍽!

"흐흑, 흑흑흑……."

결국 갈소옥이 자신의 나이나 체면도 잊고 흐느껴 울기 시작했다. 서러웠다. 평생 처음으로 남자한테 완벽하게 무시당했다. 엉덩이가 부서지도록 얻어맞으며 완전히 넋을 놔 버렸다. 이젠 제자의 복수는커녕 자기 앞가림도 하지 못할 지경이었다.

슥!

그제야 갈소옥의 뒷덜미를 놓아준 이현이 말했다.

"그러게 처음부터 내 말을 들었으면 좋았잖아!"

"…도, 도대체 나한테 왜 그러는 거예요?"

"그걸 몰라?"

이현이 다시 주먹을 푸는 동작을 보이자 갈소옥이 움찔 몸을 떨어 보이며 얼른 소리쳤다.

"내가 암습하려 했습니다! 소공자와 애인분한테 광음환락음을 연주한 후 목숨을 노렸어요!"

"누가 시켰어?"

"그건……."

"내 친구가 누군지 알아?"

"…그 예쁜 애인 분이요?"

"어."

"황실에 있는 분이라고 들었는데……."

"황제의 딸이야."

"…헉!"

"게다가 금의위의 2인자인 진무사이기도 해."

"……."

갈소옥이 입을 다문 채 안색을 딱딱하게 굳혔다. 제자 여홍이 빠진 칠황야의 야심이 대단한 건 익히 알고 있었으나 황제의 측근을 대놓고 건드릴 줄은 몰랐다. 이건 아무리 자신에게 유리한 쪽으로 생각하려 해도…….

'…역모잖아!'

갈소옥은 내심 소리 지르며 제자 여홍에 대한 애틋한 마음을 머릿속에서 싹 지워 버렸다. 이런 얘기는 여홍에게 단 한마디도 듣지 못했다. 아주 완벽하게 당해 버린 것이다.

털썩!

갑자기 바닥에 엎드린 갈소옥이 몸을 가볍게 떨면서 말했다.

"소, 소첩은 이미 강호를 떠난 평범한 아녀자입니다."

"천향마녀란 이름이 평범하진 않지."

"그, 그런 것까지 아셨나요?"

"광음환락음과 색정폭류공에 본파의 선배 중 몇 명이 당했거든."

'망할!'

갈소옥이 내심 욕설을 내뱉고 얼른 처연한 표정을 지어 보였다.

"과거, 소첩은 억울한 누명을 쓰고 도망다녀야만 했습니다."

"70명이 넘는 무림 고수들이 죽었다고 들었는데……."

"그건 정당방위였어요!"

"…정당방위?"

"예! 저는 그냥 예쁘게 태어나고 박복한 죄밖에 없어요!"

"그러니까 예쁘게 태어난 탓에 무림의 사내들이 아무런 이유 없이 정혈을 빨리고 죽었다고?"

"처음엔 그들의 정혈을 빨 수 없었기에 그냥 당해야만 했어요. 어쩔 수 없죠. 저는 아무런 힘이 없었으니까요. 그냥 자신의 박복함만 한탄하며 사는 게 전부였죠. 하지만 그러다 우연히 사부님을 만나게 되었고, 힘을 얻게 된 거예요."

"힘을 가졌으니 복수쯤은 해야 하는 걸 테고?"

"그래요! 본래 무림이란 세계는 그런 거잖아요!"

"그렇지."

이현이 천천히 고개를 끄덕여 보이고 다시 주먹을 주물럭거렸다.

움찔!

그러자 다시 놀란 표정이 된 갈소옥이 소리쳤다.

"왜요? 왜 또 때리려고 해요!"

"아니, 그냥 손이 좀 저려서."

"……."

"그래서 계속 얘기해 봐!"

"그, 그게… 제가 어디까지 얘기했죠?"

"무림은 그런 세계란 데까지."

"아참! 그랬지! 암튼 그렇게 복수를 하는 것까진 좋았는데 어느새 무림에서는 절 마녀라 부르기 시작했어요. 제가 복수한 자들 중 몇 명이 정파 무림에 속해 있었기에 시시비비 따윈 아예 처음부터 가릴 생각이 없었던 거겠죠."

"그래서 무림공적이 됐고, 어쩔 수 없이 정당방위를 할 수밖에 없었다?"

"그래요! 아주 정확해요!"

"그런데 왜 역모에 가담했는데?"

"역모에 가담한 거 아니에요!"

"가담했잖아?"

"아니에요! 절대 그런 거 아니라구요!"

연달아 목 놓아 소리친 갈소옥이 갑자기 눈물을 주르륵 쏟아 냈다.

"흑흑, 그게 사실은……."

갈소옥에게 제자 여홍이 칠황야에게 빠진 일. 그녀를 통해 주목란의 암살 주문을 받은 것에 대한 전모를 전해들은 이현은 눈살을 잔뜩 찌푸렸다.

권력 투쟁!

그중 최고는 명백히 황권 다툼이었다.
천하의 주인인 천자!
만승지존이라 불리는 황제의 자리를 탐내지 않을 자 과연 누가 있겠는가.
특히 황실의 피를 이어받은 주씨 황족이라면 누구든 한 번쯤 마음속에 역심을 품어봤을 터였다. 황제의 자리에 오르지 못한 황족은 평생 동창과 금의위의 감시 속에 가시방석을 앉고 살아가야만 하기 때문이다.
하물며 현재의 황제는 암군(暗君)이라 불리고 있었다.
사실 엄밀히 말해서 몇 대나 계속해서 비슷한 상황이 반복된다고 할 수 있겠다. 폭군이 가니, 혼군(昏君)이 오고, 다시 암군이 제위에 오른 것이다.
그럼에도 천하가 크게 준동하지 않는 건 태조 황제 시절부터 확실하게 자리 잡은 관료제와 창위로 대표되는 사정 기관의 힘이 컸다. 무수히 많은 학사들이 대과를 통해서 입조한 후 관료제 하에서 나라를 위해 힘썼기에 천하는 대란을 피할 수 있었고, 창위는 철통같이 황제와 황실을 지켜냈기 때문이다.

하나 그것도 한계가 있었다.

연달아 아무짝에도 쓸모없는 민폐투성이 황제가 제위에 오른 탓에 점차 국력은 기울어가고 있었다. 무림에서 오랫동안 활동해 온 이현조차 그 같은 변화를 느낄 정도로 말이다.

'그러니 칠황야같이 야심 많은 황족이 역심을 품는 것도 어쩌면 당연한 수순일 테지……'

내심 씁쓸한 표정으로 정세를 살핀 이현이 갈소옥을 내려다봤다.

그새 좀 늙었다.

얼마 전까지 이십 대 초반이나 되어 보였는데, 지금은 삼십 대 후반에서 사십 대 초반 가량으로 변해 버렸다. 이현을 상대하기 위해 젊음의 원동력인 혈정을 너무 많이 사용해서 급노화해 버린 것이다.

'…그러고 보니 집사 영감이 무공을 잃어버려서, 하녀장이 필요할 것 같은데?'

문득 숭인학관과 그곳에 남겨진 목연을 떠올린 이현이 여전히 울고 있는 갈소옥에게 말했다.

"그만 울고 옷 입어."

"그럼 용서해 주실 건가요?"

"그럴 리 없잖아."

'쳇!'

갈소옥이 울던 얼굴을 살짝 구겼다. 약관이나 되어 보이는 이현이 정말 만만치 않다는 생각이 들었다. 얼굴은 동안인데, 속에는 구렁이가 수십 마리쯤 똬리를 틀고 앉아 있는 것 같다.

그러거나 말거나 다시 갈소옥을 재촉해서 옷을 입게 만든 이현이 말했다.

"할망구, 몸 쓰는 일 좀 잘하나?"

"제가 본래 몸 쓰는 일에는 일가견이……."

"걸레질! 빗자루질! 음식 만들기!"

"…그런 건 하녀들이나 하는 거잖아요?"

"맞아."

"설마… 저 더러 하녀가 되라는 건가요?"

"할망구 나이가 있는데, 하녀는 좀 그러니까 하녀장 어때?"

"하, 하녀장이요? 그 하녀들을 끌고 다니면서 일 시키는 늙은 여자요?"

"어."

이현이 고개를 끄덕여 보이자 갈소옥이 떨떠름한 표정이 되었다.

"꼭 제가 그 하녀장이란 걸 해야 하나요?"

"싫으면 여기서 내게 맞아 죽던가."

"할게요! 하겠습니다!"

담담한 이현의 말속에서 진심 어린 의지를 읽은 갈소옥이 얼른 목청을 높여서 하녀장을 수락했다. 숭인학관에 한 명의 아리따운 하녀장이 탄생하는 순간이었다.

*   *   *

공부자관.

이현이 돌아왔을 때 서안성 십대 학관 중 하나로 불리던 이곳은 황량하게 변해 있었다.

숭인학관과 비교되지 않을 정도로 많던 학생들.

단 한 명도 남지 않았다.

갑자기 들이닥친 도지휘사의 병사들에 놀라서 학생 모두가 공부자관에서 도망쳐 버린 것이다.

하긴 무리도 아니다.

도지휘사가 움직였다는 건 역모나 내란 같은 일에 연루되었다는 것이나 다름없었다.

비록 얼마 지나지 않아서 병사들이 물러갔다곤 하나 학생들로선 불안함을 느끼고 몸을 피하는 게 마땅했다. 자칫 잘

못하면 패가망신하진 않는다 해도 향후 대과를 통과해 입조할 길이 완전히 막혀 버릴 터이니 말이다.

그런 점에서 이현과 함께 서안에 온 숭인학관 일행 역시 다르지 않았다. 그사이 대부분 공부자관에서 떠나가고 남은 사람은 오직 북궁창성과 악영인뿐이었던 것이다.

공부자관 안에서 서성이고 있던 북궁창성과 악영인을 발견한 이현이 그들을 향해 손을 들어 보였다.

"여어!"

북궁창성과 악영인의 안색이 환해졌다.

"이 사형!"

"형님! 어딜 갔다가 이제야 기어 들어오는 거유!"

이현이 두 사람의 환대에 피식 웃고는 바로 달려와 들러붙는 악영인을 손으로 밀어냈다.

"좀 떨어져라! 넌 어찌 된 게 나만 보면 그렇게 들러붙는 거냐?"

第七章

미녀에게 끌려 나가다!

"그게 뭐 어때서 그렇수? 나 씻었수! 깨끗이 씻었으니까 냄새 따윈 나지 않는다구요!"

"누가 그런 게 궁금하다고 했냐?"

"냄새 난다고 구박했잖수! 그래서 열심히 씻었구만! 이러시기유?"

"오냐! 잘 씻었다!"

이현이 마지못해 칭찬하자 악영인이 배시시 웃고는 이현에게서 떨어졌다. 뭔가 쑥스러워 보이면서도 부끄러워하는 기색이 깃든 모습이다.

'골 때리는 놈!'

이현이 내심 악영인을 향해 고개를 흔들어 보이고, 북궁창성에게 말했다.

"북궁 사제, 어떻게 된 거야? 왜 이렇게 이곳이 썰렁해진 거야?"

"관병이 들이닥쳤습니다."

"관병이?"

"예, 무슨 역모와 관련된 자들이 있어서 색출해야 한다면서 한동안 공부자관을 포위하다가 관주인 심 학사님을 데려갔습니다."

"체포당한 거야?"

"체포까지는 아니고 뭔가 조사할 것이 있다면서……."

악영인이 끼어들었다.

"그게 체포야!"

"…그런 것 치고는 포박도 하지 않고 데려갔지 않나?"

"뭐, 주변에 보는 눈이 많아서 그랬겠지. 하지만 본래 관병이란 것들은 함부로 병력을 움직일 수 없고, 만약 움직였다면 반드시 합당한 이유가 있어야만 해!"

"합당한 이유란 게 역모를 말하는 건가?"

"역모까진 아니더라도 불온한 자들을 숨겨줬다거나 하는 등의 이유 정도는 있어야 할 거야. 그러니까 심 학사님도 아주 곤란한 처지가 되었다고 할 수 있지. 관부란 곳이 갈 때는 걸어서 가더라도 풀려날 때는 네 발로 기어 나오게 만드는 곳이니 말이야."

"그건 지나치군!"

북궁창성이 준수한 인상을 찌푸려 보이자 악영인의 얼굴에 놀리는 기색이 떠올랐다.

"과연 장인 챙기는 건 사위로군!"

"누가 장인이고, 누가 사위란 거야?"

"심 학사의 두 딸과 요즘 잘 지내고 있었잖아? 그러니까 당연히 북궁 애송이 네가 심 학사의 사위가 되는 거지!"

"헛소리는 그만둬!"

북궁창성이 안색을 굳힌 채 꾸짖었으나 악영인은 전혀 그럴 마음이 없어 보인다. 그녀의 얼굴에 더욱 짓궂은 표정이 농밀하게 묻어 나오고 있었다.

이현이 재밌다는 표정이 되었다.

"두 사람, 언제부터 이렇게 친해진 거냐?"

북궁창성과 악영인이 동시에 소리쳤다.

"이 사형, 절대 그런 일은 없습니다!"

"형님, 농담이 지나치시우! 누가 북궁 애송이와 친하다고!"

이현이 피식 웃었다.

"뭘 그런 걸 가지고 발끈하고 그러냐?"

"이 사형, 그런 것이 아니라……."

"그야 형님이 이상한 소리를 하니까……."

역시 동시에 목소리를 높인 북궁창성과 악영인이 말끝을 흐려 보였다. 이현의 웃음이 점점 더 짙어지고 있음을 깨달았기 때문이다.

"……."

"…에이!"

북궁창성이 입을 꾹 다물자 악영인이 입술을 쑥 내밀어 보였다. 어떻게 해도 이현의 웃음을 멈추게 할 수 없다는 판단이 들었다.

그때 이현이 주변을 둘러보며 화제를 돌렸다.

"모용 소저는?"

"모용 소저는 오늘 아침에 공부자관을 나간 후 돌아오지 않았습니다."

"왜?"

이현이 악영인을 돌아보자 그녀가 발끈했다.

"왜 날 바라보는 거유?"

"네가 잘 알 것 같아서."

"몰아요! 몰라!"

"매정한 녀석."

"뭐가 매정하단 거유? 모용 소저와 나는 이미……."

"태중정혼을 그만두기로 한 건 나도 안다."

"…그런데 왜?"

"하지만 그래도 그녀는 어디까지나 너 때문에 강동을 떠나서 섬서 땅까지 왔지 않느냐? 그런데 네놈이 전혀 신경을 써주지 않는 건 매정하다는 말을 들어도 싸다고 생각한다만?"

"……."

말문이 막힌 악영인이 입을 다물었다. 여전히 입술이 내밀어져 있으나 얼굴은 붉어져 있다. 이현의 말이 그녀의 죄책감을 자극한 것이다.

'더 놀리면 울겠군.'

이현이 악영인의 변한 낯빛을 살피고 다시 화제를 돌렸다.

"그래서 우리는 이제 뭘 해야 할까?"

악영인이 얼른 목청을 높였다.

"당연히 달리러 가야 하지 않겠수? 시험장 앞에서 형님이 약속한 대로 말이우! 설마 날 빼놓고 술 마시고 온 건 아닐 테지요? 어디, 냄새 좀 맡아봅시다!"

"이놈아, 떨어져! 뭘 또 냄새는 맡겠다고 난리야!"

"형님, 몸에서 좋은 냄새가 진동하는데… 이거 사향내 아니우? 사향내!"

'쳇! 개코 같은 놈!'

내심 혀를 찬 이현이 악영인을 밀어내며 태연하게 말했다.

"그야 당연하지 않느냐? 방금 전까지 서안제일의 기루에서 수십 명의 기녀를 대동하고 화끈하게 술을 마셨으니까!"

"서안제일의 기루라면 여춘원을 말하는 것이우?"

"그런 건 또 어디서 알아냈냐?"

"그야 서안에서 술을 마시러 돌아다니다 보면 항상 들려오는 게 여춘원의 쌍절이 아니겠수? 정말로 그렇게 여홍이란 가기의 목소리가 꾀꼬리 같고, 종미란 기녀는 죽여주게 예쁘고 춤을 잘 춥디까?"

"뭐, 나쁘진 않더군."

"아악! 형님, 너무하시우! 그런 곳에 혼자서만 가고 말이우!"

"너무 억울해할 거 없다. 놀기는커녕 온몸에 칼을 맞을 뻔했으니까."

"칼을 맞다니, 그게 무슨 소리유?"

"그런 게 있다."

이현이 눈이 동그래진 악영인의 이마를 손가락으로 밀어내고 북궁창성에게 말했다.

"그래서 심 학사의 가솔들은 지금 어쩌고 있냐?"

"안채에서 심 학사님이 돌아오길 기다리고 있습니다. 도지휘사에 사람을 보내서 알아보긴 했습니다만."

"그렇군."

이현이 미미하게 고개를 끄덕여 보이고 갑자기 두 사람을 동시에 붙잡아 어깨동무했다.

"그럼 달리러 가볼까?"

"이 사형, 심 학사님이 돌아오지 않으셨는데 술을 마시러 간다는 건……."

"형님, 정말이우!"

곤란해하는 북궁창성과 환호성을 발한 악영인에게 이현은 똑같이 힘을 가했다. 절대로 두 사람 모두 놔주지 않겠다는 의지를 분명히 드러낸 것이다.

＊　　　　＊　　　　＊

모용조경은 심난한 표정으로 공부자관을 빠져나가는 세 남자(?)를 바라봤다.

그녀는 공부자관이 포정사사의 관병들한테 포위된 걸 알고 줄곧 주변을 배회하고 있었다.

상황이 어찌 된 일인지는 모른다.

그래서 관병들을 무시하고 관부자관에 들어갈 수 없었다.

그녀는 혼자의 몸이 아니다.

쇠락하긴 했으나 백 년 전 천하제일가였던 모용가의 부흥을 작은 어깨에 짊어지고 있었다.

당연히 관부와 연관될 순 없었다.

전날 서안성 밖에서 만났던 금의위 진무사 주목란조차 모용가의 내력을 단숨에 간파해 냈다. 자칫 관부의 행사에 얽히게 되었다가 가문에까지 피해가 가는 짓은 할 수 없었다.

그게 모용조경을 피곤하게 했다.

무림!

모용가를 나온 후 꽤나 자유로웠다. 하루에도 몇 번씩 추근거리며 다가드는 사내들이 귀찮기는 했으나 크게 신경 쓰이지 않았다. 무림의 무한한 자유로움이 모용조경에게는 더욱 크게 다가왔기 때문이다.

적어도 강남을 떠나서 섬서성에 오기 전까진 분명 그랬다. 이현을 만나서 무공으로 깨지고, 태중정혼자였던 악영인에게 외면당하고, 다시 주목란에게 위압당하기 전까진 말이다.

그러고 보니 섬서성에 들어선 후 모용조경은 평생 당할 굴욕을 모두 경험한 듯싶다. 오랫동안 치유되지 못할 만한 심적인 타격을 당한 것이다.

그래서 그녀는 조심스러워졌다.

자신의 무공 실력과 미모만을 믿고 콧대 드높던 시절은 이미 과거 한때의 추억으로 돌려 버렸다.

'그래서 중간에 관병들이 물러간 걸 보고도 줄곧 밖에 은신해 있었던 것인데, 저들 중 누구도 날 신경 쓰지 않는구나!'

특히 이현에게 불편한 감정이 든다.

전날 그녀는 부끄러움을 무릅쓰고 이현에게 달라붙었다. 한 번도 해본 적이 없던 끼 부리기까지 감수하면서 그와 함께 공부자관에 온 것이다. 악영인과 태중정혼을 깨버렸으니 평생 처음 본 절대고수인 이현과 좋은 관계를 유지해볼 생각이었다.

그러나 공부자관에 온 후 얼마 지나지 않아서 모용조경은 다시 굴욕을 느껴야만 했다. 이현이 전혀 그녀에게 관심을 표명하지 않고 공부만 했기 때문이다.

그리고 오늘이 되었다.

식년과가 끝나고도 한참이 지나 공부자관에 돌아온 이현은 모용조경에게 관심조차 주지 않고 다시 외출을 했다. 북궁창성과 악영인을 양옆에 끼고서 말이다.

꼬옥!

모용조경은 점차 멀어져 가고 있는 세 남자의 뒷모습을 눈으로 쫓으며 아랫입술을 깨물었다.

이대로 절대 그만둘 수 없다.

무슨 일이 있어도 반드시 현 상황을 반전시킬 작정이었다.

그런데 어떻게?

잠시 멍한 표정을 지어 보인 모용조경의 눈에 이채가 어렸다. 갑자기 뭔가 떠올랐다.

좋은 생각일까?

그건 아직 알 수 없다.

하지만 한번 시도해 볼 가치는 있을 터였다. 그녀는 그렇게
마음먹었다.

                    *   *   *

청연장.

서안성에 위치한 몇 개의 금의위 안가 중 하나인 이곳은 며
칠 전부터 주목란의 거처로 이용되고 있었다.

그 청연장의 별채.

우아하게 조성된 정원을 창문 밖으로 내다보고 있던 주목
란이 앞에 앉은 이현을 향해 입을 열었다.

"뜻밖이로군요?"

"뭐가 뜻밖이란 거요?"

"그날 그렇게 절 바람맞혀 놓고서 다시 찾아오리라곤 생각
하지 않았었거든요."

"바람맞힌 게 아니라 도와준 건데?"

"어떻게 뭘 도와줬는데요?"

살짝 짜증이 서린 주목란의 말에 이현이 태연하게 대답했
다.

"당시 여춘원에서 내가 제압한 여자는……."

"서안제일의 기녀 종미!"

"…그래, 그 종미란 여자는 평범한 기녀가 아니었소."

"그걸 제가 모를 거라 생각하는 건가요? 애초에 평범한 기녀가 그렇게 고강한 무공을 펼칠 수 있을 리가 없잖아요!"

"하지만 그게 전부가 아니요."

"그건 무슨 뜻이죠?"

"그녀는 사실 여춘원의 기녀 종미이기 이전에 천향마녀 갈소옥이란 할망구였거든."

"천향마녀 갈소옥이라면… 30년 전 무림공적이었던 색녀잖아요?"

"그렇소."

"그런 전대의 마녀가 어째서 여춘원 같은 곳에서 기녀 생활을 하다가 살수가 된 거죠?"

"제자를 잘못 뒀거든."

"제자요?"

"여홍이 바로 그녀의 제자였소. 두 사제가 신분을 세탁한 후 여춘원에서 젊고 싱싱한 남자들로부터 합법적으로 채양보음 하면서 지내왔던 거지."

"하지만 갑자기 돌발적인 문제가 발생했겠군요? 아마도 제자인 여홍에 의해서요?"

따악!

이현이 손가락을 튕겨 보이며 소리쳤다.

"정답!"

"그 뒤도 맞춰보도록 할까요?"

"얼마든지."

이현이 흥미진진한 표정을 한 채 고개를 끄덕여 보이자 주목란이 잠시 생각을 정리한 후 입을 열었다.

"이 대가는 갈소옥과 그녀의 제자인 여홍을 제압한 후 뭔가 이상한 점을 발견했을 거예요. 여홍은 그렇다 쳐도 천향마녀 갈소옥은 30년 전 무림을 혼란에 빠뜨렸을 정도의 고수이니, 제아무리 이 대가라 해도 그리 쉽사리 제압할 순 없었을 테니까요."

"……"

"그래서 이 대가는 갈소옥이 일부러 제압당한 척, 붙잡혔다고 판단했어요. 그리고 그녀에게 숨겨진 흉심이 있다면 그건 다름 아닌 이 대가가 무척 아끼는 저와 관련된 일일 테지요."

은근슬쩍 자신의 바람을 예상에 끼워 넣은 주목란이 슬쩍 이현의 표정을 살피고 말을 계속 이어갔다.

"그래서 이 대가는 여춘원에서 갈소옥을 데리고 제 곁을 떠나간 거예요. 종적이 드문 곳에 그녀를 데려다 놓고서 흉계를 밝힐 작정이었겠지요. 여기까지 제 예상이 맞나요?"

"대충."

"어느 부분이 틀렸죠?"

살짝 집요해진 주목란의 눈빛을 무시하며 이현이 화제를 돌렸다.

"주 군주가 신통 광대해서 설명을 줄일 수 있어서 좋군. 그래서 말인데, 공부자관의 관주 심 학사 언제 풀어줄 거요?"

"그 일 때문에 절 찾아온 거로군요?"

"어."

이현이 순순히 인정하자 주목란이 살짝 짜증 어린 표정과 함께 탁자를 손으로 두드렸다.

탁! 탁!

그러나 그것도 잠시뿐.

곧 평온함을 회복한 주목란이 말했다.

"그냥은 안 돼요!"

"심 학사가 죄 없는 사람이란 건 주 군주도 알잖소?"

"그거야 낱낱이 취조를 해봐야 알죠."

"그 취조란 게 몸에 빨갛게 달군 부지깽이 같은 걸 막 쑤셔대고, 이리저리 주리를 트는 걸 말하는 거요?"

"비슷할 거예요. 이번에 심 학사를 데려간 곳은 금의위가 아니라 칠황야의 명령을 받은 도지휘사니까요."

"그러니까 한번 병력을 일으킨 이상 어떻게든 심 학사를 옭

아매야 하겠군?"

"뭐, 그런 거죠."

주목란이 천천히 고개를 끄덕여 보이자 이현이 짜증 어린 표정과 함께 입을 다물었다. 갑자기 사람이 바뀐 것 같다. 아주 극단적으로 말이다.

"칠황야나 도지휘사의 양 도사를 찾아갈 생각 따윈 하지 마세요!"

"역시 안 되겠지?"

"물론이에요! 자칫 잘못하면 종남파가 역모나 모반죄에 얽혀서 중앙의 대병을 맞이해야 한다구요!"

"쳇!"

이현이 나직이 혀를 차고 주목란에게 살갑게 미소 지었다. 그러자 이번엔 주목란이 혀를 찼다.

"쳇! 날 믿는다는 표정 짓지 마세요! 이 대가가 그런 대형 사고를 치면 저뿐 아니라 사부님조차 해결해 줄 수 없을 테니까요."

"그럼 어떻게 해야 하지?"

"제가 적당히 구실을 만들어서 심 학사를 공부자관으로 돌아가게 해드리죠."

"대가는?"

"저랑 북경에 가요."

"그건……."

"저번에도 말했지만 어차피 식년과 다음의 3차 시험은 북경에서 치러져요. 그러니까 이 대가가 북경에 가는 건 이미 결정된 거란 걸 모르진 않으시겠죠?"

"…알지. 하지만 아직 시험의 결과도 나오지 않았는데, 덜컥 주 군주를 따라가는 건 좀 그렇잖소?"

"이 대가, 합격이에요."

"웃차!"

이현이 한 주먹을 불끈 쥔 채 기합을 터트렸다가, 곧 안색을 딱딱하게 굳혔다.

"그거 부정 아니야?"

"왜? 그러면 안 돼요?"

"안 돼!"

"그럼 떨어지고 싶으신 거예요?"

"아니!"

고개를 가로저은 이현이 진지해진 표정으로 말했다.

"내가 비록 뒤늦게 글공부에 뛰어들었고, 반드시 대과 3차 시험까진 합격해야 할 이유가 있지만 부정한 방법을 사용하고 싶진 않아."

"왜요? 십 년 전에 이 대가는 싸움은 이기면 그만이라고 했잖아요? 강호에서의 싸움 중 정정당당을 말할 수 있는 건 만인이 지켜보는 비무 정도에 불과하다면서요?"

"그랬지. 하지만 글공부와 강호의 싸움은 다르잖아?"

"어떻게 다른데요?"

"글쎄, 거기까진 아직 모르겠어. 하지만 이거 하나는 분명해. 내게 성현의 도리를 가르친 사람은 분명 내가 그런 짓을 하지 않는 학사가 되길 바랐을 거야."

'그 사람이 누군데요?'

주목란은 목구멍까지 튀어나온 질문을 참았다. 지금 중요한 건 그런 게 아니란 생각이 들었기 때문이다.

"그런 거라면 걱정할 필요 없어요. 이 대가는 정당한 실력으로 식년과를 통과한 거니까요."

"정말이오?"

"그래요."

"우아아아아아앗!"

이현이 벌떡 일어나서 주먹을 불끈 쥐어 보이며 기쁨을 드러냈다. 어찌 보면 세상을 몽땅 가진 것만 같은 모습이다.

'단순하긴!'

내심 이현을 바라보며 피식 웃어 보인 주목란이 말했다.

"그러니 이젠 한 점의 의심 없이 저랑 북경으로 동행할 마음이 들었나요?"

슥!

이현이 도로 앉고서 미간 사이에 작은 골을 만들었다. 언제 환호작약했냐는 듯 고심에 빠진 표정이다.

그러자 주목란이 한마디 첨언한다.

"함께 동행하고 싶은 사람이 있으면 말하세요. 자리 몇 개를 더 만드는 건 문제가 아니니까요."

"뭐, 그런 건 중요한 게 아닌데……."

"여전히 사부님과 절 도와서 황권 다툼에 끼어들고 싶지 않다는 거로군요?"

"…나 혼자만의 몸이 아니니까."

"어쩔 수 없어요. 이게 제가 내세울 수 있는 마지막 조건이니까요."

"……."

이현이 잠시 더 고심하는 표정을 짓다가 천천히 고개를 끄덕여 보였다.

"북경에 함께 가도록 하겠소!"

"잘 생각하셨어요. 그런데……."

"응?"

"…이 대가, 저랑 대화할 때 자꾸 말투가 바뀌는데, 북경에 가서는 조심해야 할 거예요."

"그러도록 하지."

이현이 다시 고개를 끄덕여 보였다.

그와 주목란.

십 년지기 친구이자 크나큰 신분의 차가 있는 미묘한 사이였다. 그래서 이현은 주목란과 대화할 때 자신도 모르게 말투가 바뀌곤 했다.

편할 때와 불편할 때!

그녀와 함께하는 동안 계속 교차했다. 그게 이현의 말투 속에서 그대로 드러나곤 한 것이다.

'이래서 황실의 사람 따위완 얽히고 싶지 않았건만……'

내심 인상을 써 보이는 이현이었다.

                  *   *   *

3일 후.

식년과 시험일 이후 초상집이나 다름없던 공부자관이 기쁨에 휩싸였다. 긴급체포 형식으로 도지휘사에 끌려갔던 관주 심유상이 무사히 돌아왔기 때문이다.

심유상은 돌아오자마자 이현을 찾아가 와락 두 손을 붙잡았다. 그의 얼굴에는 눈물이 그렁그렁 맺혀 있다.

"이 공자가 이번에 크게 힘을 써주셨다고 들었소이다!"

"공부자관에 신세를 진 처지로 의당 해야 할 일을 했을 뿐입니다."

"아니외다! 이 심모가 그리 세상일에 어둡지 않소이다! 만약 이 공자가 도움을 주지 않았다면 이번에 심모와 공부자관 모두가 서안에서 제대로 살 수 없었을지도 모르외다!"

"하하, 그럴 리가 있겠습니까?"

이현이 미소와 함께 살짝 심유상에게서 손을 빼냈다. 그러자 그가 자신을 맞으러 나온 큰딸 심연아와 작은딸 심화옥에게 얼른 목청을 높였다.

"너희들 어찌 이 공자에게 인사를 올리지 않는 것이냐?"

심연아와 심화옥이 마지못한 듯 이현에게 인사했다.

"이 공자님께 소녀 심연아가 감사 인사를 올리겠습니다!"

"이 공자님께 소녀 심화옥이 감사 인사를 올리겠어요!"

심유상이 흐뭇하게 두 딸을 바라보다 더욱 엄하게 말했다.

"너희들은 오늘부터 이 공자를 이 아비 대하듯 해야만 하느니라! 알겠느냐?"

"아버님, 그건……."

"어허! 감히 이 아비의 말에 토를 달려고 하느냐!"

"…아, 아닙니다."

심연아가 대답과 함께 입을 살짝 삐죽거려 보였다. 심화옥 역시 마찬가지다. 그녀들은 다소곳하니 고개를 숙여 보이며 은근슬쩍 한숨을 내쉬었다.

그도 그럴 것이 그녀들은 이미 북궁창성과 악영인에게 홀

딱 빠져 있던 터였다. 갑자기 부친 심유상이 이현을 은인 취급한다 하여 그가 쉽사리 눈에 들어올 리 만무하다.

게다가 근래 매일같이 북궁창성과 악영인을 데리고 술집을 순례하는 이현에게 그녀들은 불만이 많은 상태였다. 부친이 붙잡혀 갔을 때 끝까지 공부자관에 남은 북궁창성과 악영인을 이현이 괴롭힌다고 생각했기 때문이다. 지금도 두 사람은 술병이 나서 객관의 침상에 드러누워 있지 않은가.

'저런 술꾼을 아버님께서는 너무 높게 보시잖아? 혹시 이러다가 북궁 공자나 악 공자 대신 저 술꾼에게 시집을 가라고 하시는 거 아냐?'

'쳇! 북궁 공자와 악 공자 같은 봉황에 비하면 까마귀 같은 사람인데, 아버님은 뭘 그렇게 높게 추켜세우시는지 모르겠구나! 설마 이러다 날 저 사람한테 시집 보내진 않겠지?'

부친 심유상에 대해서 누구보다 잘 아는 심연아와 심화옥이다. 여전히 이현을 향해 완전히 녹아내린 것 같은 표정을 보이는 심유상의 모습에 덜컥 심장이 내려앉는 기분을 느꼈다.

찌릿! 째릿!

심연아와 심화옥이 심유상의 시선을 피해 이현에게 눈을 흘겼다.

그때 오랜만에 활기를 되찾은 공부자관 안으로 한 명의 절세미인이 모습을 드러냈다. 지난 3일간 공부자관 부근을 배회하고 있던 모용조경이었다.

"어험! 험!"

'어머, 저 여자는 악 공자를 찾아왔던 모용 소저잖아? 다른 학생들처럼 도망간 줄 알았더니, 다시 돌아왔네?'

'쳇! 다시 봐도 무진장 예쁘구나! 하루라도 저런 얼굴을 하고 산다면 소원이 없을 텐데?'

심유상 부녀를 비롯해 공부자관에 모여 있던 사람들의 시선이 일제히 모용조경을 향했다.

어쩔 수 없는 일이다.

다시 공부자관을 찾은 모용조경의 자태란 그야말로 월궁의 항아 그 자체!

그녀의 눈부신 자태에 누구든 넋을 잃지 않을 도리가 없었다.

자박! 자박!

그때 조심스럽게 공부자관으로 걸어 들어온 모용조경이 이현을 향해 살짝 고개를 숙여 보였다.

"이 공자님, 잠시 시간을 내주실 수 있나요?"

"뭐, 그건 어려운 게 아니오만."

"그럼 저와 잠시만 밖으로 나가시죠!"

"……"

이현이 뭐라고 말하기도 전에 모용조경이 그의 팔에 바짝 달라붙었다. 은연중 팔뚝을 잡아끄는 손길이 평소의 그녀답지 않게 무척 대담하다.

"어험! 험!"

'어마마! 저렇게 대담할 수가!'

'말도 안 돼! 모용 소저가 악 공자를 포기하고 저 까마귀 공자를 선택하다니! …그것보다 여자가 저래도 되는 건가?'

심유상은 다시 헛기침을 터뜨렸고, 그의 두 딸은 얼굴이 발갛게 달아올랐다. 절세미인인 모용조경의 대담한 행동에 부녀 모두가 어찌해야 할 바를 모르게 된 것이다.

그러는 사이 이현은 모용조경에게 이끌려 공부자관을 나섰다. 다른 사람들의 선망과 질투, 호기심 어린 시선을 담뿍 받으면서 말이다.

그때 객관 안에서 악영인이 후다닥 달려 나왔다.

그녀는 본래 북궁창성처럼 침상에 누워서 술병을 달래던 중 심유상의 복귀로 밖이 떠들썩해지자 몰래 나왔다. 이현에게 들키면 다시 술집으로 직행당할까 봐 조금 몸을 사린 것이다.

그런데 느닷없이 모용조경이 등장하더니, 이현을 데리고 공부자관을 떠나가는 게 아닌가!

모용조경을 피해서 더욱 은밀하게 몸을 은신하고 있던 악영인은 갑자기 몸이 달아오르는 걸 느꼈다.

왠지 이유는 잘 모르겠지만 온몸에서 열기가 치솟아 올랐다. 이현이 자신보다 북궁창성을 잘해줄 때와 비슷한 감정이 끓어올라 잠시 어찌할 바를 모르게 되어버렸다.

도대체 왜 이런 걸까?

그녀는 어느새 공부자관을 벗어나 조그만 점처럼 변한 이현과 모용조경을 바라보며 멍한 표정을 지었다.

그때 악영인의 곁으로 심연아와 심화옥이 달라붙었다.

그녀들은 언제 이현에게 눈을 흘기고, 모용조경의 미모를 질투했냐는 듯 만면에 미소를 지어 보이고 있었다. 그냥 악영인 같은 미남과 함께 있는 것만으로 기분이 좋아진 듯하다.

하긴 근래 그녀들이 악영인과 거리를 뒀던 건 어디까지나 모용조경 때문이었다. 그녀가 이현에게 찰싹 달라붙어서 공부자관을 떠나가는 모습을 봤으니, 마음이 달라질 수밖에 없다. 북궁창성도 좋지만 악영인도 좋은 것이다.

"악 공자님, 속은 좀 괜찮아지셨나요?"

"악 공자님, 안색이 수척해진 게 보약이라도 드셔야 할 것 같아요."

심유상이 그런 딸들의 모습을 멀찍이 떨어져서 지켜보며 씁쓸한 표정을 지었다.

딸 키워봐야 소용없다던가?

지금 그의 처지가 딱 그러했다.

도지휘사의 엄혹한 뇌옥에 갇혀 있다 수일 만에 돌아온 부친을 놔둔 채 두 딸은 악영인에게 꼬리를 살랑이고 있었다. 여기에 북궁창성이라도 더해진다면 아예 부친 따윈 어찌 됐든 신경조차 쓰지 않을 게 분명했다.

그때 그런 심유상의 속내를 읽기라도 한 듯 북궁창성이 창백한 표정을 한 채 객관에서 나왔다.

악영인조차 술병이 났을 정도니, 그의 현 상태가 어떠할지는 미루어 짐작할 수 있을 터였다. 아주 술기운에 절다 못해서 속이 완전히 망가진 상황이었다. 몇 걸음 걷지 못해 헛구역질을 할 정도로 말이다.

"우웁! 시, 심 학사님, 무사히 돌아오셔서 다행입니다!"

"저런! 북궁 공자, 몸이 좋지 않다고 하던데, 그냥 누워 있지 그러셨는가?"

"아, 아닙니다. 그런데 이 사형은 어디로 가신 건지요?"

"그게……."

심유상이 뭐라고 말하기 전에 심연아가 얼른 북궁창성에게 다가왔다.

"북궁 공자님, 이 공자는 방금 전에 모용 소저와 함께 공부자관을 떠나갔답니다."

"…모용조경 소저와 함께 말입니까?"

"예, 두 분의 사이가 무척 좋아 보이더군요."

"으음."

북궁창성은 자신도 모르게 나직한 신음을 흘리다 다시 헛구역질이 넘어와 허리를 굽혔다.

"으읍!"

'북궁 공자님은 악 공자님보다 남자답게 생기긴 했는데, 몸은 좀 약하시구나!'

심연아가 살짝 눈을 가늘게 만들어 보이고, 아예 악영인에게 찰싹 달라붙어 있는 동생 심화옥을 바라봤다. 그녀는 본래 북궁창성보다 악영인을 훨씬 좋아했던 터라 이번 기회를 놓칠 생각이 전혀 없어 보인다.

하긴 악영인은 심연아가 보기에도 곱상하고 귀티나게 생겼다. 북궁창성이 조금 더 남자다운 조각 미남인데 비해 악영인은 여성적인 부드러움이 외양에 넘쳐났다. 아직 나이가 어린 심화옥이 넋을 잃어버리는 것도 무리는 아닐 터였다.

그러니 이젠 어떻게 해야 할까?

심연아는 지금이야말로 선택과 집중에 충실할 때라고 여겼다.

그동안 그녀는 북궁창성에게 전심전력을 다해왔다.

이제 와서 악영인에게 방향 전환을 한다는 건 바보 같은 짓이란 생각이 들었다.

'게다가 북궁 공자의 가문은 무림에서 천하제일세가라 불리는 북궁세가다! 섬서성에서 북궁세가의 위세는 하늘을 찌를 정도니까 머나먼 산동의 악가로 시집가는 것보다는 나을 거야!'

결국 단단하게 마음을 정한 심연아가 구역질을 참느라 힘들어하는 북궁창성에게 찰싹 달라붙었다. 그의 몸이 약해진 틈을 결코 놓치지 않겠다는 의지를 드러낸 것이다.

*   *   *

공부자관을 벗어나 얼마나 걸었을까?

점차 기하급수적으로 늘어나고 있는 주변의 시선을 태연하게 받아넘기며 이현이 모용조경에게 말했다.

"모용 소저, 이만하면 충분히 공부자관에서 멀리 나왔다고 생각하오만?"

"주변에 사람이 너무 많네요."

"그럼 서안성 밖으로 나가는 게 어떻겠소?"

"그러시죠."

모용조경의 대답에 떨어지기가 무섭게 이현이 그들을 따르던 사내들을 향해 손을 몇 차례 휘저어 보였다.

"우왓!"

"으헉!"

"으헥!"

사내들이 일제히 비명 비슷한 소리를 내면서 사방으로 흩어졌다. 이현이 발한 무형지기에 갑자기 몸살이 난 것 같은 몸 상태가 되었다. 크게 몸에 문제가 생긴 건 아니나 의욕 자체가 뚝 떨어졌다. 몸속으로 파고든 무형지기가 흡사 산속에서 대호를 홀로 마주한 것 같은 효과를 발휘했기 때문이다.

그렇게 사내들이 흩어지자 주변이 한산해졌다.

더는 눈치를 볼 이유가 없어진 것이다.

슥!

이현이 가볍게 신형을 공중으로 띄워 올리자 그 뒤를 모용조경이 따랐다. 특별히 어떻게 하자고 대화를 나누진 않았으나 이심전심으로 통하는 게 있었다.

第八章

갑작스러운 고백

　잠시 후.

　이현과 모용조경은 앞서거니 뒤서거니 하며 서안성 밖으로 빠져나왔다.

　인적이 거의 느껴지지 않는 곳에 이르기까지 두 사람 중 누구도 발걸음을 멈추지 않았다. 서안성 일대에는 워낙 유동 인구가 많아서 조금 멀리까지 나가야만 했다.

　슉! 스슉!

　결국 두 사람이 신형을 멈춘 건 서안성에서 족히 수십 리가량 떨어진 산중이었다.

까닥!

고개를 외로 꼬아서 주변을 한 차례 둘러본 이현이 조금 숨이 차 보이는 모용조경을 보며 내심 웃어 보였다.

'나이에 비해 꽤 훌륭한 무공을 익혔지만 경공술은 좀 약하군. 아니면 내공이 달리거나.'

호흡 조절을 끝낸 모용조경이 이현처럼 주변을 둘러보고 입을 열었다.

"이곳은 꽤나 적막하군요?"

"산중이니까."

"산중이라 해도 꼭 오가는 사람이 없는 건 아니죠. 특히 계곡 같은 곳은 말이에요."

"……."

이현이 살짝 움찔한 표정을 지어 보였다.

모용조경이 한 말.

굳이 깊게 생각하지 않더라도 이현을 꼬집는 것이다. 그는 목욕을 하러 숭인학관의 뒷산에 올랐다가 처음으로 모용조경과 만났다. 홀딱 벗고 목욕하던 그녀를 말이다.

모용조경의 표정이 진지해졌다.

"이 공자님, 저는 악 공자와 정식으로 파혼했어요!"

"그렇다고 하더구려."

"그럼 어떻게 책임을 지실 작정이신가요?"

"…책임?"

이현의 '난 아무것도 몰라요!' 하는 표정이 깃든 반문에 모용조경이 아랫입술을 살짝 깨물었다. 설마 그가 이렇게 나올 줄은 몰랐기 때문이다.

그러나 오늘 그녀는 작심을 한 터였다.

마음속 깊숙한 곳에서 치밀어 오르는 부끄러움을 참고서 그녀가 말했다.

"이 공자님은 전날 제 모든 걸 보셨어요! 만약 이 공자님이 조금이라도 군자의 도리를 아신다면 이에 대한 책임을 지셔야 하지 않겠어요?"

"못 봤소만?"

"감히!"

딱 잡아떼는 이현의 말에 모용조경이 자신도 모르게 소리 지르며 발을 굴렀다.

살기!

어느새 수십 개의 칼날 같은 기운이 그녀의 몸 전체를 감돌고 있었다. 이현의 무성의한 태도에 진심으로 화가 났다. 이 자리에서 그와 생사를 걸고 싸우고 싶을 정도였다.

이현은 변함이 없었다.

그는 모용조경이 일으킨 살기를 살피며 잠시 생각에 잠겼다 가 무심하게 말했다.

"모용 소저, 내가 한 말은 진심이오. 나는 그날 아무것도 본 것이 없소."

"계속 그렇게 거짓말을 하면 오늘 이 자리에서 우리 두 사람 중 한 명은 죽어야만 합니다!"

"꼭 그래야만 하겠소?"

"물론이에요!"

단호한 모용조경의 말에 이현이 눈살을 살짝 찡그려 보이고 말했다.

"모용 소저의 뜻은 잘 알겠소. 하나 내가 조금 이해가 가지 않는 점이 있으니 말해주시겠소?"

"말하세요!"

"전날 우리는 한차례 대결을 벌였고, 그 후 두 사람 모두 그날 있었던 일에 대해서 언급하지 않기로 했소. 모용 소저가 말했고, 내가 동의했소."

"……"

"그리고 그 후 우리가 재회했을 때 모용 소저는 무산에게 혈맹지약을 지키라고 닦달하고 있었소. 이 점에 대해선 어찌 생각하시오?"

"그건… 혈맹지약은……"

"혈맹지약이 모용가와 악가간에 백 년 전에 맺어진 가문과 가문 간의 약속임은 나도 들어서 알고 있소. 하지만 얼마 전에 무산 동생에게 결혼을 하자고 강요했던 모용 소저가 다시 내게 똑같은 행동을 하는 건 사리에 맞지 않다고 생각하오."

"그것과 이건 다른 문제예요!"

"그럼 모용 소저는 내가 어떻게 책임지길 원하는 것이오?"

"그, 그건……."

모용조경이 말을 더듬으며 안색을 붉혔다.

이현이 단도직입적으로 추궁하자 온몸이 떨릴 정도로 부끄러워졌다. 이현이 말한 대로 자신이 이 남자, 저 남자를 따라다니며 결혼을 구걸하는 천박한 여자가 된 것 같았기 때문이다.

이현의 안색이 조금 부드러워졌다.

"모용 소저, 결혼이란 건 본래 인륜지대사라 했소. 우리가 한때의 인연으로 쉽사리 결정을 내린다는 건 있을 수 없는 일이 아니겠소?"

"…그럼 어쩌자는 것이죠?"

"모용 소저에게는 모용가에 가서 허락을 얻을 필요가 있고, 나 역시 본가에 돌아가서 아버님께 고해야만 한다는 것이오. 그리고 그런 후 양 가문에서 만약 허락이 떨어지면 그때 내가 매파를 모용가에 보내도록 하겠소. 그리하면 어떻겠소?"

"……."

이현이 한 말은 정론이었다.

제아무리 오늘 모용조경이 단단히 마음먹고 왔다고는 하나 여기서 더 이현을 밀어붙일 수는 없었다. 사실 여자에 거의 관심을 보이지 않는 이현에게 이 정도나마 약속을 받아낸 것만 해도 대성공이라 할 수 있었다.

하나 모용조경은 왠지 마뜩치가 않았다.

목이 마른 것 같은 기분을 느꼈다.

어째서 그런 걸까?

잠시 이현을 바라보며 고민에 빠져 있던 모용조경의 뇌리로 진무사 주목란의 얼굴이 떠올랐다. 자신에 비해 결코 미모 면에서 떨어지지 않고, 무공은 더욱 고강하며, 출신은 비교조차 할 수 없을 만큼 고귀한 여인. 게다가 그녀는 이현과 예전부터 꽤나 깊은 친분이 있었던 것 같았다.

그렇다.

바로 주목란이 원인이었다.

오늘 모용조경이 드높은 자존심을 꺾고, 부끄러움을 무릅써 가며 이현에게 생짜를 부린 이유가 말이다.

'분명 그 여자는 이 공자를 노리고 있어! 확실해!'

주목란을 떠올리자마자 모용조경은 가슴이 옥죄어 오는 기분을 느꼈다. 단 한 번도 느껴본 적이 없었던 강렬한 질투심에 숨이 막히는 것 같았다.

그러나 모용조경은 바보가 아니었다.

오히려 지나칠 정도로 똑똑한 여인이었다.

내심 심호흡을 가다듬는 걸로 부글거리며 끓어오르는 감정을 가라앉힌 모용조경이 천천히 고개를 끄덕여 보였다.

"이 공자님, 오늘 한 말씀, 제가 믿어도 될까요?"

"백 년의 맹약도 지켜지지 않는 세상이오. 내가 지금 이 자리에서 약속을 믿으라고 해봤자 무슨 소용이 있겠소? 그래서 나는 헛된 약속 따위 하지 않겠소. 다만 오늘 모용 소저가 토로한 진심을 나는 가슴속에 간직하고 있겠소."

"……"

담담한 이현의 말에 모용조경은 더 이상 그를 강요할 수 없음을 깨달았다.

눈앞의 남자!

충분할 정도로 알았다고 생각했는데, 전혀 그렇지 않았다. 터무니없는 착각이었다.

단 한마디의 약속!

어쩌면 간단할 수도 있는 말조차 그에게 얻어내긴 어려웠다. 평소 보던 장난기 어린 표정이나 행동을 생각하면 아예 사람 자체가 달라진 것 같다.

하지만 그래서 모용조경은 오히려 믿음이 갔다.

기대가 되었다.

눈앞의 남자!

충분히 그녀가 자존심을 꺾을 만했다. 오늘 이렇게 부끄러움을 무릅쓸 만했다. 분명 그렇다고 생각했다.

"저 모용조경, 그럼 이 공자님을 믿고 오늘은 이만 물러가도록 하겠습니다!"

잠시의 침묵 끝에 조심스러운 한마디를 남긴 모용조경이 이현 앞에서 곧바로 신형을 날려서 사라졌다.

그럴 수밖에 없다.

오늘 이현을 억지로 밀어붙였으나 처녀의 부끄러움이 없을 리 만무하다. 가슴속에서 확 치고 올라온 부끄러움으로 얼굴이 달아올랐고, 그 모습을 이현에게만은 보이고 싶지 않은 심정이었다.

그렇게 아무도 없는 산중에 홀로 남겨진 이현.

순식간에 조그만 점으로 변해 버린 모용조경을 물끄러미 바라보던 그가 갑자기 가슴을 부여잡은 채 나직이 중얼거렸다.

"우아! 놀래라!"

진심이다.

그는 모용조경의 갑작스러운 결혼 압박에 정신이 혼미해지는 걸 느꼈다. 심장이 마구 뛰고 어찌해야 할 바를 잠시 잊어버리는 사태에 직면했다.

어린 시절 종남파에 입문한 이래 이때까지 이현은 여자와 그다지 인연이 깊지 않은 터였다.

본래 도가의 색채가 강한 종남파에는 여자 제자 자체가 드물었거니와 이현 자체가 타고난 무공광이었다. 어려서부터 청년이 될 때까지 사부 풍현진인의 지극한 관심과 훈도 하에 철저하게 무공 수련에만 매진했다. 피 끓는 사춘기 시절조차 여색이란 심마의 다른 이름이라며 오로지 무공 수련의 원동력으로 삼았을 정도였다.

그 같은 마음가짐은 청년이 되어 무림 출도를 한 이후에도 변하지 않았다.

아니다.

오히려 더욱 심해졌다. 사부 풍현진인의 명을 행하기 위해 무림에 나왔을 때 몇 가지 대형 사고를 쳤고, 대부분 여자가 관련되어 있었기 때문이다.

특히 황실제일고수 검치 노철령의 제자인 주목란을 구하고, 호위무사 노릇을 하는 동안 심한 꼴을 꽤 많이 당했고, 목도해야만 했다. 무림의 밑바닥에서부터 시작되어 꽤 높은 무림의 정사 중간 문파와 정 관계에까지 연결된 인신매매 조직 몇 개를 박살 내는 동안 어쩔 수 없이 그렇게 되었다.

인신매매 당한 여자를 구하려다가 몇 번 정도는 칼질까지 당했다. 심지어 자신이 구하려 했던 여자들 속에 숨어 있던 살수에게 허파를 찔러서 죽을 뻔하기도 했다. 역시 여색, 아니, 여자란 심마와 한없이 가까운 존재였던 것이다.

게다가 이현은 출종남천하마검행 당시 여자들로 이뤄진 사파 세력과 살수 단체, 사이비 종교 집단까지 상대해야만 했다. 이렇다 보니 여자와 관련된 모든 종류의 색공에 면역이 되었음은 물론 마음이 단단한 암석처럼 변할 모든 요소를 갖추게 되었다고 할 수 있겠다. 자신에게 접근하는 모든 종류의 여자를 먼저 의심부터 하는 버릇이 생겨 버린 것이다.

　물론 예외도 있었다.

　그는 목연을 믿었다.

　자신에게 성현의 가르침을 열심히 가르쳐 준 사부로서 존중하고, 경외하는 마음을 품고 있었다.

　하지만 그 외의 여자는 여전히 그에게 경계의 대상이었다. 의심하고 의도를 탐색해야 할 존재였다. 언제 샐샐거리며 웃고 있다가 음험한 공격을 당할지 알 수 없었다. 분명 그렇다고 생각했다.

　'게다가 내 주변에는 북궁 사제와 무산이가 있는데 어째서 나한테 그러는 거지? 그 잘생긴 놈들을 놔두고 어째서 나랑 결혼하자고 하는 거냐고? 설마 진짜로 알몸을 보였다고 그러는 건 아닐 테지?'

　모용조경이 한 말.

　웃긴다.

　전혀 고려의 대상이 되지 않았다.

여자에 대해선 잘 모르지만 모용조경이 그만한 일로 자신의 인생을 결정할 만큼 바보는 아니란 건 알았다. 지난번에 그녀와 벌였던 2초 비무로도 충분히 그녀의 예민함과 날카로움, 오만한 심사를 알 수 있었으니까.

그래서 이현은 당황했고, 고민에 빠졌다. 모용조경이 자신에게 뭔가 원하는 것이 있다는 건 알았으나 이런 것일 줄은 몰랐기 때문이다.

그러다가 목연과 공부하는 동안 들었던 한마디가 떠올랐다.

가장 무서운 자는 진심을 가진 자다! 그럼 그런 자를 상대하는 가장 좋은 수는 무엇일까? 그건 바로 정론이다! 성현으로부터 후대로 계속 전달되어진 예의와 법도이다!

목연은 이 말을 국가 경영의 한 부분을 설명하기 위해서 말했으나 이현은 달리 해석했다. 모용조경이 작심을 하고 쏟아낸 책임론을 잠재우기에 유용하겠다는 생각을 한 것이다.

그는 예의와 법도를 들어서 모용조경의 공격을 방어 해냈다. 그녀의 알몸을 본 사실을 넘기고, 오히려 마음에 부담을 갖게 한 후 후일을 기약하게 했다. 그렇게 그녀와의 관계 진전에 관한 시간을 버는 데 성공했다.

그러니 이젠 어떻게 해야 하려나?

모용조경은 절세미인이다!

엄밀히 말해서 이현이 여태까지 본 여인 중 최고의 미인이라 해도 무방할 터였다. 달리 강동제일미녀라 불리는 게 아니지 않겠는가.

그런 절세미인과 결혼하는 건 어떨까?

나쁜 일은 아니란 생각이 든다.

어쩌면 지락 중의 지락일지도 모르겠다.

하나 사부 풍현진인은 무림 출도를 앞둔 이현에게 강호에 나가면 여자를 조심하라고 누누이 일렀다. 과연 그의 말대로 여자와 관계된 일 중에서 좋았던 적은 한 번도 없었다. 얼마 전에도 주목란과 함께 술을 마시러 갔던 여춘원에서 치열한 황권 다툼의 현장을 목도해야하지 않았던가.

하물며 그에게는 아직 필생의 숙원이 남아 있었다.

화산파의 천하제일인 운검진인!

그와의 비검비선대회에서 승리하는 것. 그리고 그 전에 대과에서 무사히 3차 시험을 통과하는 것.

하나같이 어렵다.

쉽지 않은 일이었다.

이런 상황에서 결혼을 생각하는 건 너무 이른 일이었다. 지금 그런 일 따위에 신경을 쓸 여력이 없는 것이다.

"그래, 모든 건 비검비선대회 이후에 다시 생각해 보기로 하자!"

버럭 소리를 지른 이현의 표정이 환해졌다.

마치 앓던 이가 빠진 것 같이 답답하던 속이 시원해졌다.

그리고 마음의 결정을 내렸다면 주저할 필요가 없다.

문득 어깨를 한 차례 으쓱해 보인 이현이 서안을 향해 신형을 날렸다. 지금 당장 자신이 떠올린 일을 실행에 옮기기로 작심한 것이다.

                    *   *   *

공부자관에서 이현이 돌아오기를 기다리던 악영인과 북궁창성에게 한 통의 서신이 전달되었다.

일이 있어서 북경으로 먼저 떠난다. 사제들은 잠시 숭인학관에 돌아가서 목연 소저의 명을 따르고 있도록 해라. 특히 무산이는 명왕종 애송이 조준과 숭인상단의 일을 잘 처리하고 있어라. 만약 운이 좋다면 3차 시험일에 북경에서 다시 만나게 될 것이다.

사형 이현.

"으아아아아악!"

악영인이 북궁창성에게서 서신을 빼앗아 읽고는 괴성을 터뜨렸다.

이런 식으로 뒤통수를 얻어맞을 줄이야!

그녀는 진심으로 비통했다.

이현이 원망스러웠다.

자신을 술독에 빠뜨려서 술병에 걸리게 한 후 모용조경과 북경으로 야반도주를 할 줄 몰랐다. 이렇게 미인에게 눈이 멀어 형제의 정과 의리를 저버릴 정도로 막돼먹은 사람인 줄 정말 몰랐다.

하물며 재회는 북경에서 치러질 3차 시험에서라니!

이번 시험을 완전히 망쳐 버린 악영인에겐 '앞으로 보지 말자'는 소리나 다름없었다. 그냥 청양으로 돌아가서 숭인상단 일이나 보고, 조준의 보모 노릇이나 하면서 세월을 보내란 뜻과 같은 것이다.

그래서 그녀의 분노는 곧바로 모용조경을 향했다.

그녀가 살랑거리며 이현과 함께 나간 후 이런 일이 벌어졌다. 도대체 무슨 짓을 벌인 것인지는 모르겠으나 절대 용서할 수 없는 기분이었다. 여태까지는 그녀와 모용가에 조금쯤 미안한 마음과 찜찜함이 있었으나 이젠 아니다. 그저 원망스러웠다. 그녀가 숭인학관에 나타난 다음부터 모든 일이 꼬이고 헝클어져 버렸기 때문이다.

'형님, 설마 모용 소저와 함께 북경으로 간 건 아닐 테지? 만약 그랬다면 절대 용서하지 않을 거야! 절대로!'

그렇게 악영인이 분노를 곱씹고 있을 때였다.

북궁창성이 공부자관의 대문 쪽을 바라보며 반갑게 외쳤다.

"모용 소저!"

'모용 소저?'

악영인이 불꽃이 이글거리는 시선을 모용조경에게 던졌다. 그러자 막 대문을 넘어서던 모용조경이 아미를 살짝 찡그려 보였다. 무언가 이상한 기운이 공부자관을 가득 메우고 있음을 눈치챈 것이다.

"무슨 일이죠?"

"그게……."

북궁창성이 잠시 생각을 정리하는 사이 악영인이 모용조경을 향해 달려갔다.

"모용 소저, 형님은 어디 있는 겁니까?"

"이 공자님이 아직 돌아오지 않으신 건가요?"

"예, 모용 소저와 함께 나간 후 돌아오지 않았습니다!"

모용조경이 다시 아미를 찡그려 보이곤 눈에 이채를 담았다. 악영인의 손에 들려 있는 서신에 시선이 갔기 때문이다.

"이 공자님한테 온 서신인가요?"

"이건……."

"맞군요."

모용조경이 단정하듯 말하고 손을 내밀었다. 그러자 악영인이 오히려 서신을 자신의 품속에 집어넣었다. 이미 그녀에게 있어서 모용조경은 골치 아픈 전 정혼녀가 아니라 자신의 가장 귀중한 보물을 노리는 강적이었다. 그녀에게 이현과 관련된 정보를 단 하나도 내어줄 수는 없었다.

그러자 모용조경이 나직한 냉소와 함께 전음으로 말했다.

[산동악가의 악. 영. 인 소저! 나한테 이러는 건 좋지 않아요!]

'망할! 이런 오라질 년을 봤나!'

악영인은 내심 군문에서 다져진 욕설을 퍼부으며 모용조경을 노려봤다.

생사의 대적!

그 이상의 살기가 악영인에게서 일어났다. 그만큼 그녀에게 강렬한 적의를 느꼈기 때문이다.

그러나 병법에는 전략적 후퇴란 것이 있다.

지금 악영인의 처지가 그러했다.

그녀가 여자란 사실을 알면서도 그동안 자신을 혈맹지약을 들이대며 괴롭혔던 모용조경이 얄밉고 미웠으나 지금은 참아야 했다. 그녀에게 아주 중요한 약점을 붙잡힌 것만은 사실이었으니까.

'못된 년! 절대 네년을 용서하지 않겠다!'

악영인은 속으로 욕하면서 이현의 서신을 모용조경에게 넘겨 주었다. 그런데 꼼꼼하게 서신 안의 내용을 살피던 모용조경의 안색이 몇 차례에 걸쳐 변하는 게 아닌가.

'뭐지? 왜 이년이 이렇게 화를 내는 거지?'

악영인은 의아한 표정을 드러냈다.

방금 전 비명에 가까운 울분을 토해내며 방방 뛰었던 건 이미 까맣게 잊어버린 듯하다.

그때 서신을 도로 접어 악영인에게 내준 모용조경이 나직이 중얼거렸다.

"나쁜 년!"

'나쁜 년?'

악영인이 눈살을 찌푸려 보였을 때, 모용조경이 빠르게 신형을 돌려 세웠다. 이현의 서신을 보자마자 그가 주목란과 함께 북경으로 떠났음을 눈치챘기 때문이다.

'나쁜 자식! 나한테 그렇게 말해 놓고 북경으로 떠나? 그것도 그런 귀한 신분의 여자하고 함께? 절대 용서할 수 없다!'

슉!

순간적으로 지축을 박찬 모용조경이 공부자관을 떠나갔다.
이현과 주목란의 뒤를 쫓기 위함이었다.

"저……."

악영인이 모용조경을 붙잡으려다 입을 다물었다. 이현의 서신을 보고 내뱉은 그녀의 말이 꽤 신경 쓰였다. 하지만 자신의 약점을 알고 있는 그녀와 함께하는 것만큼 신경 쓰이진 않았다. 둘의 사이에는 상당히 큰 차이가 존재했다.

"아!"

북궁창성이 자신도 모르게 나직한 탄성을 발했다. 모용조경이 오자마자 떠나자 마음 한구석이 허전해지는 걸 느낀 것이다.

첫사랑!

어쩌면 꽤 아픈 사랑이 시작되려 하고 있었다.

*　　　　　*　　　　　*

두두두두두!

이현은 푹신하고 편한 의자에 몸을 파묻은 채 빙글거리고 있었다. 앞자리에 앉아 있는 주목란이 준비해 놓은 간식이 무척 마음에 들었기 때문이다.

주목란이 그 모습을 보고 피식 웃어 보였다.

"이 대가는 정말 변한 게 없군요."

"뭐가 변한 게 없다는 거요?"

"식탐!"

"어쩔 수 없잖아! 어려서부터 항상 배고픈 상태로 살아왔으니까."

"종남파 사정이 그렇게 좋지 않나요?"

"안 좋지! 무척 안 좋지!"

"당당한 구대문파의 하나인 종남파의 사정이 좋지 않다니, 이상하군요? 섬서성이 그렇게 못 사는 지역도 아닌데……."

"마치 아무것도 모르는 저자의 처자처럼 말하는군?"

"…어머, 너무 티가 났나요?"

주목란이 입가를 손으로 가린 채 배슬거리며 웃자 이현이 먹고 있던 고급 육포를 꿀꺽 삼키고 인상을 써 보였다.

"주 군주는 항상 사람을 떠보는 버릇이 나빠!"

"어떻게 나쁜데요?"

"마치 사람을 깔보는 것 같거든. 아니면 이미 잡아놓은 쥐를 데리고 노는 고양이 같달까?"

"그게 나쁜 건가요?"

"나쁘지!"

살짝 언성을 높인 이현이 푹신한 의자에서 자세를 살짝 바로한 채 말했다.

"사람이란 본래 존귀한 존재야! 자신이 유리한 위치에 있다고 해서 함부로 남을 괴롭혀선 안 되는 거라구! 특히 정신적인 공격은 최악이야!"

"그럼 이 대가는 여태까지 한 번도 자신의 유리한 위치를 이용해서 다른 사람을 괴롭힌 적이 없었나요?"

"그야 물론……."

이현의 뇌리로 남운과 전채연, 소화영 등의 얼굴이 빠르게 스쳐갔다. 특히 소화영의 얼굴은 꽤나 선명했다. 그동안 그녀에게 빼앗아 먹은 도시락의 개수 정도는 될 듯싶다.

"…있지!"

"너무 당당한 대답 아닌가요?"

"당당하지 않아. 내가 잘못한 거니까. 다만 이제부터 고치도록 노력해 볼 작정이야!"

"그러니 저도 이 대가를 따라서 고치도록 노력해야 하는 건가요?"

"어."

이현의 천연덕스러운 대답에 주목란이 피식 웃어 보였다. 그와의 이런 식 대화가 무척 즐거웠기 때문이다.

"뭐, 그럼 저도 노력해 보도록 하죠. 다만 저는 금의위의 진무사예요. 공적인 임무를 수행할 때는 봐주세요."

"봐주지."

"그리고 그 말투!"

"봐주도록 하겠소."

"곧 북경이에요. 그곳에서 저는 황실의 군주이자 금의위의 2인자 진무사이니 반드시 존대를 하셔야 해요. 적어도 다른 사람이 있는 곳에선요."

"노력하도록 하겠소. 주 군주!"

"군주님!"

"…님!"

의외로 자신의 말을 잘 듣는 이현을 바라보며 다시 주목란이 입가에 미소를 매달았다.

이현과의 두 번째 북경행!

십 년 전의 첫 번째 여행보다는 못하나 나쁘지 않았다. 조금이나마 그동안 느껴왔던 갈증을 풀 수 있었다.

'하지만 이제 북경이 코앞이다! 마도로 변해 있는 그곳에서 이 대가가 사고나 치지 않으면 다행이련만.'

주목란의 뇌리로 문득 이현을 북경으로 데려오라 했던 사부 검치 노철령이 떠올랐다.

명실상부한 황실제일고수!

그 전에 노철령은 동창의 수뇌인 제독태감이자 현 조정의 숨은 실세였다. 지난 수십 년간 정사에는 아예 관심조차 보이지 않은 황제를 대신하여 실질적으로 현 황조를 지탱하고, 조정의 문무대신들을 이끌어왔다. 황실의 뭇 황족들의 발호를 제어하는 걸로 황권을 단단히 지키고, 빼어난 정치 능력으로 나라가 망하는 걸 방지해 온 것이다.

덕분이랄까?

노철령이 조정의 대소사를 관장한 이래, 중원은 꽤 평화로웠다.

외적과 이민족은 장성을 넘지 못했고, 해마다 해안가를 약탈하던 해적들 역시 몇 해 동안 거의 힘을 쓰지 못하고 있었다. 몇 번의 수해나 재해가 있었긴 하나 빠른 대처로 문제의 확산을 막는 데 성공했다. 노철령이 그동안 채워놓은 황실의 재정과 비축미를 풀어서 후유증을 최소화시킨 때문이었다.

그러나 노철령의 이 같은 철권통치는 그에게 짓눌린 황족들의 거센 반발을 불러왔다. 그에게 제어 당하는 조정 대신들의 질투와 질시를 사게 되었다.

현 황조를 시작한 태조의 유명 중 하나!

바로 환관의 정치 개입 금지였다.

어쩌면 당연한 일이다.

진나라를 망하게 하는 데 큰 영향을 끼친 건 환관 조고였고, 후한을 몰락시킨 건 십상시의 국정농단이었다. 세간에선 경국지색이란 말을 떠들면서 미인이 나라를 망하게 한다는 말들을 하나 환관 역시 못지않았다. 꽤나 많은 나라가 환관의 정치 개입으로 인해 망하고 쇠락의 길을 걸어야만 했다.

물론 노철령은 그와는 반대였다.

전조 시절부터 충신인 그의 황제에 대한 충성심은 반석과 같았고, 정치력은 어떤 조정 대신도 감히 따르지 못할 정도였다. 조고나 십상시 같은 간신과 비교하는 건 그를 모욕하는 것이나 다름없었다.

실제로 근 백 년 간 몇 대에 걸쳐서 유능과는 거리가 먼 암군이 황제에 오른 현 황조가 이만치라도 버티는 건 노철령의 힘이 절대적이라 할 수 있었다.

'하지만 칠황야를 중심으로 한 반황제 세력은 몇 년 전부터 이 같은 태조의 유명을 언급해 가며 조정에서 사부님의 영향력을 깎아 내려갔다. 동창의 강력한 권력이 유지되는 황실은 어쩌지 못해도 금의위와 병부 쪽에 자신들의 사람을 계속 집어넣어서 조정을 당파 싸움의 장으로 만든 것이다. 하지만 내가 이해가 가지 않는 건 사부님의 의중이다. 그분은 어째서 칠황야를 중심으로 모여든 반황제파의 이 같은 세력 확장을 그냥 용인하신 것일까? 그리고 이 시점에서 무림에 속한 이 대가를 북경으로 불러들이신 걸까?'

꽤나 오래전부터 주목란을 곤란하게 했던 의문이다.

그녀는 사부 노철령을 존경하고 있었다.

환관?

그딴 건 전혀 신경 쓰이지 않았다.

황실의 평범한 꽃으로 전락할 수도 있었던 그녀에게 무공을 가르치고, 정치를 가르치고, 세상을 알려준 이. 그렇게 성장한 그녀에게 여전히 존경받는 대정치인!

그게 바로 사부 노철령이었다.

그거로 만족했다. 충분했다.

그래서 주목란은 근래 명민한 그녀의 머릿속을 복잡하게 만든 이 모든 의문점에도 불구하고 사부 노철령의 명에 따랐다. 그의 명령대로 이현을 데리고 북경으로 향하고 있는 것이다.

그때 다시 손을 놀려서 음식을 입에 욱여넣고 있던 이현이 뭔가 생각난 듯 말했다.

"주 군주님, 검치 노야는 여전하신 것이오?"

"여전하세요."

"흠."

이현이 음식을 우물거리며 눈살을 살짝 찌푸려 보였다. 뭔가 생각에 잠긴 것 같다.

주목란의 눈에 이채가 어렸다.

"왜요?"

"아니오."

"아닌 게 아닌 것 같은데요?"

"······."

우물거리며 입안에 남은 음식물을 깨끗이 처리한 이현이 신중해진 표정으로 말했다.

"십 년 전 검치 노야와 나는 한 가지 약조를 하고 북경에서 헤어졌소."

"어떤 약조죠?"

"그건 비밀이오."

"그럼 그건 넘어가고. 그래서요?"

'칼 같군. 과거에는 이런 건 상상도 못 할 일이었는데······.'

호기심이 넘치던 시절의 주목란을 기억하는 이현이 내심 고개를 가로젓고 말을 이었다.

"검치 노야와의 약조에 의하면 이번 북경행은 좀 이상하오."

"어떤 점이 이상하죠? 혹시 앞서 사부님이 여전하시냐고 물었던 질문과 관련 있는 일인가요?"

"그렇소."

"······."

"뭐, 내 노파심일 수도 있으니, 검치 노야를 만난 후 다시 얘기하도록 합시다. 그런데 북경까진 앞으로 얼마나 남은 것이오?"

"오늘 저녁이 되기 전에는 도착할 거예요. 오늘 저녁은 북경에서 제일 유명한 오리구이를 맛보게 해드리죠."

"오!"

이현이 언제 진지한 표정으로 지었냐는 듯 나직이 환호성
을 발했다.

'먹보!'

주목란이 이현을 바라보며 내심 고개를 가로저었다.

*   *   *

청양.

이제 밤이 되면 조금 썰렁하다.

밤바람이 슬슬 차지는 계절이 된 것이다.

숭인학관을 벗어나 묵묵히 걸음을 옮기던 조준의 배후로
흐릿한 그림자 몇 개가 모습을 드러냈다.

"무슨 일이지?"

차갑다.

평소의 조준이란 사람을 아는 자라면 의아함을 느낄 터였
다. 그의 목소리나 그 속에 담긴 기운이 완전히 달라져 있었
기 때문이다.

그러나 그의 배후에 모습을 드러낸 그림자들.

그들에겐 오히려 이 목소리가 익숙하다.

척! 처척!

신형조차 돌리지 않는 조준을 향해 부복한 그림자 중 한 명이 조심스럽게 말했다.

"맹주님께서 총단으로 복귀하실 것을 명하셨습니다!"

"총단 복귀는 내가 알아서 할 거라고 했던 것 같은데?"

"상황이 바뀌었습니다."

"무슨 상황이 바뀌었다는 거지?"

"황천에서 난(難)의 조짐이 있습니다."

"황천지난?"

"예!"

조준의 눈매가 살짝 가늘어졌다.

황천지난!

무림뿐 아니라 황실과 정·재계에 걸쳐서 중원 전체에서 암약하고 있는 맹의 입장에선 곤란한 일이다. 항상 황천지난이 벌어질 때엔 천하가 경동했고, 난세가 막을 올렸기 때문이다.

'하지만 이 같은 난세야말로 신마맹주가 바라고 또 바라왔던 일이지 않은가?'

내심 자신에게 총단 복귀를 명한 신마맹주의 노회한 얼굴을 떠올린 조준이 차갑게 말했다.

"이번 황천지난에 본맹이 간여하고 있는 것인가?"

"그건 속하가 말할 사항이 못 됩니다."

"알지만 말할 수 없다는 건가?"

"속하가 알 만한 위치가 아니란 뜻입니다!"

"그럼 알 만한 위치는 누구지? 혹시 현사인가?"

"……."

그림자가 입을 다문 채 침묵하자 입가에 고소를 머금은 조준이 화제를 돌렸다.

"그래도 나는 총단에 복귀하지 않을 것이다. 맹주님이 말한 두 번째 명령을 말해보라!"

"과연 천멸사신이십니다!"

"그런 공치사는 됐고, 맹주님의 두 번째 명령이나 말해!"

"예!"

고개를 숙여 보인 그림자가 천멸사신 조준에게 신마맹주의 두 번째 명령을 전달했다.

"맹주님께서 명하시길, 천멸사신께서 총단에 복귀하기 싫다면 북경으로 가라고 하셨습니다!"

"황천지난의 중심으로 뛰어들라?"

"그렇습니다!"

"거기엔 누가 있지?"

"신마맹 십팔로 령주 중 한 명인 황호령주가 있습니다."

"황호령주?"

"황실과 본맹 사이를 잇는 가교 역할을 하는 자로 북경에서 천멸사신님의 모든 편의를 챙겨줄 겁니다."

"그렇군."

조준이 미미하게 고개를 끄덕여 보이자 그림자들이 다시 고개를 숙여 보이고 순식간에 자취를 감춰 버렸다. 처음 나타날 때처럼 어둠 속으로 녹아들어 간 것이다.

'북경이라……'

조준이 멀리 북경이 위치한 북천의 하늘을 바라보며 내심 눈을 빛냈다.

숭인학관.

중원에 들어온 후 가장 오랫동안 머물렀던 이곳과도 이젠 작별할 때가 되었다. 이현이 돌아오면 한 번쯤 제대로 싸워보고 싶었건만.

'…상대는 마검협이다! 북경에서의 일을 끝낸 후에도 얼마든지 기회는 있을 테지.'

이현을 떠올리는 조준의 얼굴이 오싹할 정도로 무표정하게 변해 있었다. 속내는 어떻든지 간에 이현과의 대결이 뒤로 밀렸다는 것에 적지 않게 분노한 것이다.

그러나 그것도 잠시뿐.

곧 평상시와 다름없는 안색을 회복한 조준이 다시 걸음을 옮기기 시작했다.

밤바람!

조금 더 세게 변했다. 그의 들끓고 있는 마음속을 대변하기라도 하려는 것처럼 말이다.

第九章

전대 소림사의 무적고수!

북경.

무왕(武王)은 상(商)나라를 멸망시키고 주(周)나라를 세우면서 제요(帝堯)의 후손들에게 계(薊)와 연(燕)을 분봉했다. 후에 이 둘이 합해져 연국(燕國)으로 칭해졌고, 도읍은 계성(薊城)이라고 하였다.

그 후 전연(前燕)의 주모용(主慕容)이 계성을 함락하고 황제의 지위에 올라 이곳은 전연의 두 번째 수도가 되었다. 수차례에 걸친 북방 민족의 수도가 되는 시초였다.

그러나 후일 현 황조인 명(明)이 중원의 패자가 되고, 연왕

주태가 황위를 찬탈하자 이곳은 명실상부한 천자의 대지가 됐다. 거의 백여 년이 넘도록 중원의 중심이자 천하의 중심으로 자리 잡게 된 것이다.

그런 북경성은 총 세 겹으로 된 거대한 성벽으로 둘러싸여 있었다.

성의 중심에는 황제가 사는 자금성이 위치해 있고, 동서남북으로 계층이 나뉘니 이를 일러 동부(東富), 서귀(西貴), 남빈(南貧), 북문(北文)이라 불렀다.

동쪽에 부자들이 살고, 서쪽에 귀한 자들이 살며, 남쪽에 사는 자들은 가난하고, 북쪽에는 유명한 학교들이 밀집되어 있다는 뜻이었다.

동부.

북경성의 부자들이 몰려 있는 동쪽 거리에 고색창연한 한 채의 저택이 자리 잡고 있었다.

부근의 여타 저택들과 그다지 큰 차이는 없다.

당연히 이곳이 북경 자금성의 권력을 한 손에 쥐고 있다고 평가되는 동창 지밀대의 여러 안가들 중 하나임을 아는 자는 거의 없다고 봐도 무방하리라.

그 동창 내에서도 신비에 속했다고 알려진 사람.

지밀대주 유청요!

이곳은 그가 북경 내에 비밀리에 거처로 삼고 있는 다섯 곳 중 가장 좋아하는 장소였다.

저택의 상방.

반백의 머리에 푸른 비단옷을 입은 평범한 외모의 중늙은 이가 다탁 앞에 앉아 있었다. 지밀대주 유청요가 좋아하는 차를 앞에 두고 뭔가 깊은 상념에 잠겨 있는 것이다.

흡사 따뜻한 햇볕을 쬐는 노인을 연상시키는 모습.

유청요가 앉아 있는 모습이나 주변 분위기가 그러했다.

문득 유청요가 반개하고 있던 눈을 뜨고, 다탁 위에서 뜨거운 기운을 뿌리고 있던 찻주전자를 들어 다구로 기울였다.

쪼르르륵!

찻주전자에서 떨어져 내리는 찻물의 색깔은 담담한 갈색이며, 향기는 거의 느껴지지 않는다. 상급 보이차의 특징을 그대로 드러내고 있었다.

유청요의 얇은 입술이 갑자기 슬쩍 꿈틀거렸다.

"좋은 차로군! 정말 좋은 차야! 하지만 애석하구나……."

타악!

유청요가 찻물이 가득 담긴 다구를 바닥에 내려놨다. 뭔가 신경 쓰이는 일을 만난 듯하다.

그러자 상방의 밖에서 나직한 목소리가 흘러들었다.

"대주님, 선물로 들어온 보이차에 이상이라도 있는 것인지요?"

"아니, 그런 건 아냐."

"하면?"

"너무 상급의 보이차라 이걸 그냥 받아 마셨다간 결국 목에 턱 하고 걸릴 것 같단 말이지."

"그럼 인편으로 이번 선물은 모두 돌려보내도록 하겠습니다."

"그러는 편이 좋겠어. 근래 제독태감 어르신께서 신경이 바짝 곤두서신 것 같으니 말이야."

"설마 이 정도 선물 정도를 가지고 어르신께서……."

"평상시 같으면 그럴 일이 없겠지. 하지만 드디어 칠황야가 움직였지 않나?"

"……."

"게다가 실패하기까지 했어. 마음이 크게 다급해질 수밖에 없지 않겠나?"

"말씀하신 그대로입니다."

"그러니 곧 동창과 금의위에서도 큰 폭풍이 불어닥치게 되지 않겠나?"

"숙청 작업이 진행될 거란 뜻인지요?"

"내가 아는 제독태감 어르신이라면 분명 그리하실 테지. 아니, 오히려 이미 너무 늦었다고 해야 하려나?"

"……"

"흠, 역시 아깝단 말이야."

유청요가 다시 수중의 다구 속에 담긴 보이차를 바라보다 화제를 돌렸다.

"주목란 군주가 자금성으로 복귀했다지?"

"예, 어젯밤 늦게 북경에 도착해서 현재는 금의위 측 안가 중 한 곳에 들어갔습니다."

"함께하는 자가 있다고?"

"젊은 학사 한 명과 함께하고 있다고 합니다. 금의위 측에서 꽤나 심하게 정보 조작을 한 탓에 아직 정확한 정체는 밝혀내지 못했으나 섬서성에 위치한 숭인학관의 학사란 건 알아냈습니다."

"숭인학관의 학사?"

"예, 이번에 대과를 치렀는데, 2차 식년과를 통과해 3차 대과 초시를 볼 자격을 갖췄다고 합니다."

"주목란 군주가 직접 챙길 정도면 엄청난 인재인가 보구만?"

"그게 좀 이상합니다. 속하가 알아본 바에 의하면 그 학사의 시험 성적은 그다지 특별할 것이 없었습니다. 1차 초시 때

는 지역 장원을 했으나 2차 시험은 가까스로 합격선을 넘겼을
정도였습니다."

"그렇다는 건 평범한 학사 따위가 아니란 뜻이겠군?"

"그렇다는 가정 하에 현재 숭인학관 주변으로 지밀대의 특
급 요원들을 파견했으니, 곧 그 학사의 모든 정보를 파악할 수
있을 거라 사료됩니다."

"아주 작은 부분도 놓쳐선 안 될 것이야."

"물론입니다."

"흠, 그럼 나가서 일을 보도록 해!"

"존명!"

"아! 그리고 말야. 나가는 길에 송순에게 일러서 보이차를
다시 구입하라고 해!"

"그리하겠습니다. 선물로 들어온 것과 동일한 상품이면 되
겠습니까?"

"하핫! 운종, 자네한테는 역시 못 당하겠군."

"단지 대주님을 따른 지 오래되었을 뿐입니다."

"넉넉하게 준비해 달라고 해."

"존명!"

다시 복명한 운종의 기척이 봄날 아지랑이처럼 멀어져 갔
다. 동창 지밀대 최강, 최악의 사신(死神)이라 불리는 인간 병
기 운종다운 움직임이라 할 수 있겠다.

그렇게 운종의 기척이 완전히 사라지자 유청요가 다시 다구에 담긴 채 뜨거운 김을 뿌리는 보이차를 바라보며 쓴 입맛을 다셨다.

'검치 노야가 정무에서 물러나기 전에는 감히 숨도 못 쉬던 것들이 이리 방자하게 준동을 하고 있구나! 검치 노야의 무서움을 알지도 못하는 것들이 말야! 하지만 노야도 무슨 생각을 하고 계신 건지 모르겠구나? 설마 진짜로 정무에서 완전히 손을 떼고 은퇴하시려는 건 아닐 테지?'

동창 제독태감 검치 노철령!

지난 수 대에 걸쳐 대명의 황조를 지탱해 온 원훈이자 철혈의 무신(武神)!

그의 밑에서 유청요는 지난 30년 간 태평스러운 세월을 보냈다. 동창의 숨겨진 칼날이라 불리는 지밀대주를 맡은 후에도 특별히 야망이나 권력욕을 느껴본 적이 없었다.

아주 오래전부터 지척에서 거대한 벽이나 다름없는 검치 노철령을 지켜봐 왔기 때문이다. 그의 철권통치에 감히 반기를 들거나 야심을 드러냈다가 구족이 몰살당한 권신과 간신들을 줄곧 지켜봤기 때문이다.

가늘고 길게!

그게 유청요의 지론이었다. 검치 노철령 밑에서 가능한 한 오래 살아남기 위해 택한 삶의 방식이었다. 그렇게 검치 노철령의 오른팔인 지밀대주의 직을 충실히 수행하며 여태까지 무탈한 나날을 지내왔다.

그러나 갑자기 세상이 변하려 한다.

검치 노철령의 철권통치에 틈이 생기고, 감히 그에게 대항하려는 자들이 생겨나고 있었다. 마치 침몰 직전에 이른 난파선처럼 말이다.

'하지만 상대는 검치 노야다! 단지 그것만으로 내가 중립을 지키는 건 지극히 당연한 일인 것이야!'

모험은 딱 질색이다.

설혹 누군가 속삭여 줬던 것처럼 여태까지완 비교조차 할 수 없는 부귀와 영화가 약속된다 해도.

탁! 탁!

생각을 멈추고 탁자를 손으로 두 차례 두들긴 유청요가 자리에서 일어났다. 최상급 보이차를 앞에 두고도 못 마시니, 잠깐 밖에 나가서 산책이라도 해야 할 터였다.

*　　　*　　　*

백운장.

주목란과 함께 북경에 도착한 후 곧바로 금의위의 안가에 도착한 이현은 한동안 감금이나 다름없는 나날을 보냈다. 이틀이 넘어가도록 백운장 밖으로 나가지 못하고 방구석에만 처박혀 있어야만 했기 때문이다.

그러나 이현은 딱히 불만은 없었다.

북경!

황도라 불리는 이곳은 초행이 아니다. 10년 전 왕부를 제멋대로 가출했던 주목란을 구출한 후 호위무사가 되어 방문한 적이 있었다.

당시 그는 20대 초반의 나이로 황도의 번화함과 화려함에 꽤나 흥분했다. 섬서성에서 활동하는 동안 대도시인 낙양이나 서안 부근조차 가본 적이 없던 촌뜨기에게 북경은 그야말로 문화적인 충격을 주기에 충분했다.

하나 그는 곧 풍현진인의 지엄한 명령을 떠올리고 주목란을 왕부로 인도한 후 북경의 화려함 따윈 단숨에 잊고 말았다. 인생 중 가장 인상적인 인물과 대면했기 때문이다.

풍현진인의 친구!

그보다 황궁제일고수라는 말이 먼저 떠오르는 검치 노철령!

그와 이현이 만났다.

왕부에서 노심초사 주목란이 돌아오길 기다리던 초로의 노

환관과 운명적인 대면을 하게 된 것이다.

당시의 느낌을 어떻게 설명해야 할까?

굳이 비슷하게 표현하자면 느닷없이 하늘에서 벼락을 얻어 맞은 것과 같다고 해야겠다. 진짜로 이현은 그렇게 느꼈다. 왕부의 잘 조성된 정원, 태호 바닥에서 건져온 값비싸고 기괴한 형태의 태호석 앞에 홀로 서 있던 검치 노철령과의 첫 만남은 분명 그러했다.

'어쩌면 사부님은 검치 노야와 날 만나게 해주고 싶어서 주군주를 찾아달라는 부탁을 들어주신 걸지도 모르겠군. 확실히 그분과의 만남 이후 내 무학에 대한 인식은 완전히 바뀌었으니까.'

그렇다.

검치 노철령과의 짧은 만남으로 청년 시절의 이현은 자만심을 버리게 되었다. 당시 이미 종남파 내에서 적수를 찾을 수 없었던 그가 비로소 하늘 밖에 하늘이 있음을 깨닫게 된 계기였기 때문이다.

하지만 이현을 더욱 놀라게 한 건 검치 노철령이 당대 제일의 고수는 자신이 아니라 화산파의 운검진인이라 칭한 일이었다. 당시 그는 불신에 찬 표정으로 검치 노철령에게 질문했다. 운검진인과 싸운 적이 있었냐고.

돌아온 대답은 단순했다.

내가 졌다!

세상에는 전혀 알려지지 않은 이야기.

벌써 수십 년 전에 천하제일고수 운검진인과 황궁제일고수 검치 노철령은 한차례 대결을 벌인 바 있었다. 모종의 일로 운검진인이 북경을 거쳐서 장성 밖으로 향할 때 검치 노철령이 그를 찾아갔던 것이다.

아마 그때부터였을 거라 생각된다.

이현이 운검진인을 진지하게 자신의 목표로 삼게 된 것은.

꼬르륵!

대낮부터 방바닥에 누운 채 뒹굴거리던 이현이 배를 슬슬 문질렀다. 이틀 동안 별로 한 것도 없는데 시간만 되면 여지없이 배 속에서 신호를 보내온다.

'슬슬 점심 때인가?'

이현이 천장을 올려다보는 자세로 내심 중얼거렸을 때였다. 그가 있는 방 쪽으로 다가드는 작은 발걸음 소리가 들려왔다. 평상시와 다름없이 이현을 맡은 시비가 식사를 날라오고 있음이 분명하다.

갸웃!

그런데 이현이 고개를 살짝 기울여 보았다. 평상시와 달리 시비의 발걸음 소리에 차이가 났기 때문이다.

슥!

이현이 누운 자세를 풀고 허리를 튕겨서 가부좌를 틀고 앉았다. 사람은 동일한데 평상시와 발걸음이 다르니, 분명 변화가 일어날 조짐일 터였다.

그때 방문 앞에 도달한 시비가 평소보다 조금 높은 목소리로 말했다.

"이 공자님, 진무사께서 찾으십니다!"

'흐음……'

이현이 눈매를 살짝 가늘게 만들어 보이고 조금 퉁명스럽게 말했다.

"진무사께서는 어디에 계시오?"

"연화정에 계십니다."

"그럼 오늘 그곳에서 하는 식사는 평소보다는 나은 것이오?"

"그것까진 저도 잘……."

시비의 목소리에 조금 당황한 기색이 스쳐갔다. 설마 이현이 금의위의 고위직인 진무사의 부름에 이런 식으로 반응을 보이리라곤 상상조차 하지 못했기 때문이다.

그러자 이현이 씩 웃고 방문을 열고 밖으로 나왔다.

"연화정으로 안내해 주시오."

"…아, 예!"

시비 연홍이 이현의 잠시 놀란 표정을 짓고 얼른 고개를 숙여 보였다.

연화정.

이름에 어울린달까?

정자 주변으로 꽤 커다랗게 자리 잡은 연못에는 온통 연꽃이 가득했다. 커다란 꽃이 활짝 피어 있는 게 제법 그럴싸한 풍취를 자아내고 있는 것이다.

시비 연홍의 안내를 받아 연화정에 도착한 이현의 눈에 이채가 어렸다.

'혼자가 아니시다?'

과연 연화정에 그림 같은 자태로 앉아 있는 주목란은 혼자가 아니었다. 그녀의 앞에는 한 명의 노승이 앉아 있었는데, 어울리지 않게도 기골이 장대한 게 흡사 철탑을 보는 듯 했다. 얼굴을 확인하진 못했으나 승려라기보다는 천군만마를 지휘하는 대장군에 더 어울릴 것 같은 풍모를 갖고 있었다.

'소림사?'

이현은 고개를 살짝 갸웃해 보였다.

연화정에 좌정해 있는 승려가 천하공부출소림(天下功夫出少林)이란 말로 유명한 소림사 출신이라 직감했기 때문이다.

그때 노승과 한창 대화에 열중해 있던 주목란이 이현을 향해 시선을 던지고 방긋 웃어 보였다.

"때마침 잘 오셨어요!"

'지가 불러놓고선⋯⋯.'

이현이 내심 입을 삐죽 내밀어 보이고 주목란에게 정중하게 공수해 보였다.

"진무사 대인께서 소생을 찾으셨다기에 한달음에 달려왔습니다!"

'그건 아닌 것 같은데⋯⋯.'

이현을 안내해 온 시비 연홍이 내심 반박하는 동안 주목란이 입가의 미소를 더욱 짙게 만들어 보였다.

"오늘따라 무척 정중하시군요. 정말 바람직한 모습이에요."

"한데 진무사 대인께서는 귀빈을 맞이하고 계신 것 같군요? 혹시 방해가 된다면 물러났다가 다시 찾아뵙도록 하겠습니다."

"그러실 필요는 없어요. 지공 대사님과 제 사부님은 막역한 사이니까요."

"아!"

이현이 나직이 탄성을 발했다.

소림사 나한당(羅漢堂) 수좌 지공대사!

천하의 모든 무공의 근원이라 당당하게 외치는 소림사에서 자랑하는 당대 제일의 고수로 유명했다. 그의 나이 30세에 이미 소림사의 72가지 절기 중 10개를 완성했고, 특히 오호란이란 곤법은 평생 중 단 한 번의 패배도 허용치 않은 것으로 유명했다. 한 자루 장봉 하나로 천군을 휩쓸어 버릴 수 있는 무용을 지니고 있었던 것이다.

그래서 그는 소림사의 승려답지 않게 꽤나 굴곡진 삶을 살아야만 했다.

젊은 시절 모종의 일로 국경지대로 나갔다가 이민족의 군대에 학살당하던 사람들을 구하려다 다수의 인명을 살상했다. 중으로서 확실하게 살계를 범하고 말았다.

게다가 그 한 번만으로 끝난 것이 아니었다.

그는 새벽에 이민족의 군대 본거지를 찾아가서 아침부터 저녁이 될 때까지 계속 살계를 범하고 또 범했다. 이민족의 군대가 아예 국경선 밖으로 물러갈 때까지 단 한 번도 쉬지 않고 그들을 죽이고 또 죽인 것이다.

당연히 소림사에서 지공대사를 용서할 리 만무하다.

그의 대활약으로 국경선 인근에서 줄곧 고통받아 왔던 무수히 많은 사람들이 평화를 되찾았으나 소림사는 그런 점을 감안하지 않았다.

일벌백계의 심정으로 지공대사를 소림사는 참회동에 가뒀고, 그 후 아주 오랫동안 그는 무림에서 자취를 감췄다. 그렇게 소림사의 무적 고수는 다시 세상에 모습을 드러내지 못하게 된 것이다.

'그런데 그 지공대사를 이런 곳에서 만나게 되다니!'

내심 새삼스러운 표정으로 전설적인 소림사의 전대 고수를 살펴 본 이현이 문득 눈을 빛냈다. 뭔가 이상하단 생각이 들었다. 자신이 알고 있는 것과 지공대사의 현재 모습 간에 꽤나 큰 괴리가 느껴졌다.

슉!

가벼운 걸음으로 연화정에 오른 이현이 지공대사를 향해 정중하게 공수했다.

"천하에 명성이 드높은 소림사 나한당 수좌를 만나게 되어 영광입니다! 후배, 종남파의 이현이라 합니다! 무림에서는 마검협이라 불리고 있지요!"

처음이다. 부친 이정명을 만난 후 몸이 변화한 이현이 직접 자신의 신분을 밝힌 것은.

그러자 눈을 반개한 채 좌정해 있던 지공대사가 묘한 표정을 한 채 이현을 바라봤다.

깊은 물빛을 닮은 한 쌍의 눈동자!

그의 눈 속에서 불현듯 한줄기 담담한 신광이 뻗어 나오는 걸 이현은 똑똑히 확인했다.

천하무쌍의 신공절학!

어쩌면 내공 면에서 지공대사는 천하제일을 논할 만할지도 모르겠다. 전통의 구대문파 중에서도 내공 면에서 최강은 소림사였고, 눈앞의 노승이야말로 그곳에서 근 백 년 내 배출된 고수 중 으뜸이었기 때문이다.

그러나 이현은 곧 살짝 실망했다.

지공대사의 눈에 담겨 있던 신광이 곧 자취를 감춰 버리고, 무뎌진 청동빛으로 변했다.

'나한테 특별히 관심이 없는 것 같군. 한번 내공 싸움을 해 보고 싶었건만.'

진심이다. 본심이다.

이현은 연화정에 오르자마자 현청건강기를 무형지기의 형태로 극한까지 일으켰다. 지공대사를 자극해서 천하무쌍이라는 소림사의 내공을 시험해 보기 위함이었다.

하나 본래 한 손으로 손뼉을 칠 수 없다.

싸움 역시 마찬가지다.

이현이 일으킨 무형지기에 지공대사는 아무런 저항도 보이지 않았다. 마치 무공 따윈 모르는 사람처럼 이현의 공격을 외면하고 있었다. 도발에 넘어가지 않는 정도가 아니라 그냥 무시해 버린 것이다.

그야말로 생사를 초월한 태도!

어쩌면 이현이 상상조차 못할 호신경을 이룩해서일지도 모르겠다.

내심 쓴 입맛을 다신 이현이 공수를 풀었다. 그러자 거짓말처럼 그가 일으켰던 무형지기가 사라졌다. 봄날의 아지랑이처럼 대기 중으로 흩어져 버렸다.

지공대사가 미미하게 고개를 끄덕여 보였다.

"과연!"

'과연?'

이현은 지공대사가 너무 과묵하다고 생각했다. 지공대사나 이현 같은 초고수들이 내공 대결 직전까지 갔던 것치고는 지나치게 반응이 단조로운 것이다.

'다시 본격적으로 싸움을 걸어볼까?'

이현의 심술을 눈치챈 듯 주목란이 미소와 함께 끼어들었다.

"호호, 지공대사님, 이 대가의 무공이 어떤 것 같나요?"

지공대사가 말했다.

"10년 후에는 천하를 오시할 수 있을 테지."

'10년 후?'

이현의 눈에 험악한 기운이 담기자 주목란이 다시 말했다.

"이 대가는 이미 몇 년 전에 출종남천하마검행을 통해서 무림을 종횡했는데, 한 번의 패배도 허용하지 않았어요. 10년이란 세월은 좀 가혹한 평가가 아닐까요?"

"운이 좋았던 걸 테지."

이현이 결국 참지 못하고 퉁명스레 말했다.

"그 운이 소림사의 고승들한테도 적용된 게 다행이었던 것 같습니다."

"소림사에도 찾아갔었던가?"

"천하공부출소림이라 하지 않습니까? 종남파의 무공 역시 그러한지 궁금해서 숭산으로 찾아간 적이 있었습니다."

"쓸데없는 짓을 했군. 천하공부출소림이니 북숭소림이니 하는 말은 그냥 세간에 떠도는 허명에 불과하거늘."

"그러게 말입니다. 숭산에서 저는 애석하게도 진짜 고수를 만나지 못했거든요."

"이 대가!"

이현에게 주목란이 살짝 눈을 흘겼다. 점잖은 말투와 달리 그가 마검협 시절처럼 막 나가기 시작했음을 직감했기 때문이다.

그러나 지공대사는 슬쩍 입가에 미소를 띠었을 뿐, 더 이상의 대응이 없었다. 사문인 소림사의 명예를 실추하는 이현의 말을 듣고도 특별히 기분이 나쁘지 않아 보인다.

'쳇! 고승이란 건가!'

이현이 내심 혀를 찼다.

출종남천하마검행 당시에 이런 사람을 몇 번 정도 만난 적이 있었다. 보통 같은 구대문파에 속하는 선배 고수들 중 세속을 벗어난 자들이었는데, 대개 이현의 복장을 뒤집어 놓는데 탁월한 재주를 발휘했다. 어떤 식의 도발에도 거의 넘어오지 않는 데다 툭하면 뭔가를 가르치려는 태도를 보여서 그에겐 상극이나 다름없었기 때문이다.

하지만 이현은 이미 당시의 그가 아니었다.

지난 반년여 간.

그는 숭인학관에서 목연을 스승 삼아 공맹의 도리를 배우고 정치를 익혔다. 과거처럼 고승대덕에 대한 거부감이 줄어든 것이다.

씨익!

문득 입가에 흐릿한 미소를 매단 이현이 말했다.

"대사님, 10년 후에 제가 천하를 오시할 수 있다는 건 현재는 그렇지 못하단 뜻입니까?"

"말 그대로일세."

"그건 어째서인지 여쭤봐도 되겠습니까?"

"군이 말로 할 필요가 있을까?"

지공대사가 담담한 한마디와 함께 갑자기 가부좌를 풀고 일어서 연화정 밖으로 뛰어내렸다.

슥!

단순한 동작.

간결한 움직임.

그 속에 담긴 현기에 이현은 잠시 눈에 이채를 담았다. 지공대사가 펼친 신법이 소림사 절정의 신법 중 하나인 연대구품임을 눈치챘기 때문이다.

'처음부터 이럴 걸!'

이현이 내심 활짝 웃으며 역시 연화정을 벗어나 지공대사와 마주 섰다. 생각 같아선 곧바로 강력한 일격을 가하고 싶었으나 어디까지나 지공대사는 같은 구대문파에 속한 선배 고수였다. 비무를 가장한 싸움을 하더라도 어느 정도는 예의를 지키는 게 옳을 터였다.

"권장으로 할까요? 병기술로 할까요?"

이현의 질문에 지공대사가 진중하게 대답했다.

"종남파에 쓸 만한 권장술이 있다는 건가?"

'헤에, 늙은 중이 격장지계(激將之計)도 쓸 줄 알고, 제법일세!'

내심 웃어 보인 이현이 말했다.

"소림만은 못할지 몰라도 몇 개 있긴 합니다."

"그럼 한번 보여주게나."

"그러죠."

이현이 대답과 동시에 슬쩍 공수를 해 보이고 곧바로 지공대사를 공격해 들어갔다.

벽운천강수!

순간 이현의 수장에 푸른 기운이 어리더니, 곧 번개 같은 광채를 뿜어냈다. 평상시 적당히 힘 조절을 하던 때와 달리 처음부터 전력을 다해 벽운천강수의 진수를 펼쳤기에 벌어진 현상!

'하지만 상대는 소림사의 전대 괴물! 이 정도만으론 섭섭할 테지?'

이현이 벽운천강수 속에 벽류인의 기운을 숨겼다. 벽운천강수와 흡사하나 완전히 다른 성질이 담긴 벽류인으로 지공대사의 허를 찌르려는 의도였다.

그러자 순식간에 지공대사의 전신을 휘감은 벽운천강수의 수영(手影)!

일시 지공대사의 모습을 지워 버린다.

이현의 벽운천강수가 아예 지공대사를 푸른색 손 그림자로 색칠해 버린 것이다.

그러나 곧 지공대사의 반격이 있었다.

우릉!

지공대사가 가벼운 동작으로 주먹을 내지른 순간 이현의 벽운천강수가 크게 흔들렸다. 극도로 평범해 보이는 일권에 벽운천강수의 강기벽이 큰 타격을 입었다. 마치 맹렬한 쇠망치로 때려낸 것이나 다름없다.

게다가 단지 그뿐만이 아니었다.

쿠르르르릉!

벽운천강수의 강기벽이 흔들렸다.

이어서 벽운천강수의 강기벽을 뒤집어 놓은 지공대사의 권강이 무형의 기세를 일으켰다. 놀랍게도 벽운천강수의 강기벽을 뒤흔드는 것에서 멈추지 않고 뚫어버린 것이다.

그러자 이현을 향해 맹렬히 밀려들기 시작한 권강!

자신의 벽운천강수로 펼쳤던 강기벽을 뚫고서 전진해 오는 권강의 기세에 이현이 눈살을 찌푸렸다.

'백보신권?'

이현이 얼른 잠영보로 신형을 이동했다.

그는 아주 잠깐 고민했다.

종남파 수공의 극치인 오뢰정인으로 지공대사의 백보신권에 정면 승부를 걸어볼까 하는 생각을 한 것이다.

그러나 그는 곧 생각을 바꿨다. 굳이 상대의 강점에 맞춰서 싸울 필요가 없다는 판단 때문이다.

'게다가 백보신권은 본래 소림사에서도 대력금강장과 함께

가장 기력이 많이 소모되는 절기다! 제아무리 지공대사라 해도 계속 이런 절기를 사용할 순 없을 거야!'

내심 눈을 빛낸 이현은 흐릿한 그림자가 되어 지공대사의 배후로 돌아 들어갔다. 그의 허를 찔러서 백보신권으로 인한 수세를 공세로 전환할 작정이었다.

그런데 그 순간 지공대사의 신형이 사라졌다.

스으— 팟!

이어서 그가 모습을 드러낸 건 이현의 배후였다. 느닷없이 순간 이동을 한 것처럼 그리하였다.

'케엑!'

이현은 내심 신음을 흘렸다. 지공대사의 듣도 보도 못한 신법에 등골이 서늘해져 왔다.

아니다.

그를 신음케 한 건 지공대사의 신법이 아니라 어느새 등판 전체를 노리며 파고든 예의 백보신권이었다. 그리 먼 거리도 아닌데 지공대사는 또 그 극강의 권강을 쏟아낸 것이다.

휘릭!

순간 이현이 공중으로 신형을 날렸다.

그냥이 아니다.

그는 발끝에 힘을 줘서 공중으로 떠오른 후 곧바로 공중제비를 돌았다.

앞이 아니다.

뒤쪽이다.

감쪽같이 자신의 배후에 모습을 드러낸 지공대사!

이현은 그가 펼친 백보신권의 권강을 피하는 게 아니라 오히려 그 속으로 뛰어들었다. 마치 불 속으로 뛰어드는 불나방처럼 말이다.

움찔!

순간 지공대사의 완전무결하던 백보신권에 작은 파탄이 일어났다. 설마하니 이현이 이렇게 나올 줄 몰랐기 때문이다.

파파파파팍!

그때 거꾸로 공중제비를 돈 이현의 발이 연속적으로 회심퇴를 쏟아냈다. 지공대사의 백보신권에 깃든 압도적인 권강을 회심퇴의 연발로 순식간에 깎아내린 것이다.

휘익!

그리고 가로로 회전하며 활짝 만개하는 벽운천강수!

이현이 만들어낸 벽운천강수의 수강이 지공대사의 관자놀이를 그대로 직격했다.

스으 팟!

그러나 그때 다시 지공대사의 신형이 자취를 감췄다. 방금과 똑같다. 조금도 다르지 않았다.

'아냐!'

이현이 헛되이 허공을 가른 자신의 벽운천강수를 바라보며 내심 혀를 찼다. 허를 찔린 상태에서 완벽한 반격을 가했다. 확실한 승기를 잡을 거라 자신했는데, 결과는 조금 전과 다름이 없으니 꽤 기분이 상했다.

콰르르르릉!

기다렸다는 듯 날아든 백보신권!

슥!

찰나의 순간, 잠영보를 펼친 이현의 배후에 자리해 있던 커다란 태호석이 산산조각이 났다. 흡사 무형신권처럼 은밀하게 움직인 권강의 위력이 이렇게 대단한 것이다.

스스스스슥!

이현이 비산하는 돌무더기를 뚫고 다시 지공대사를 덮쳐갔다.

이번에는 조금 진지해졌다.

그가 일으킨 은하천강신공의 호신강기벽에 비산하는 돌무더기들이 모조리 튕겨 나갔다. 설사 다시 지공대사가 백보신권을 펼친다 한들 소용없을 터였다. 앞서 두 차례의 경험으로 이미 백보신권에 담겨 있는 권강의 위력을 파악했기 때문이다.

'힘으로 밀어버린다!'

이현의 전신에서 찬연한 은하의 강기가 넘실거렸다. 그만큼 내력을 있는 대로 일으킨 것이다.

쾅!

과연 예상대로 지공대사의 백보신권이 날아왔다.

맹렬한 폭발!

하나 이현을 단지 반걸음가량 주춤거리게 했을 뿐이다. 이현의 은하천강신공은 완벽하게 지공대사의 백보신권을 막아냈다.

한데, 그때 이현의 검미가 꿈틀거렸다.

'웃어?'

진짜다.

백보신권이 실패한 순간 지공대사는 입가에 묘한 미소를 매달았다. 전혀 당황한 표정이 아니다.

그것이 이현의 신경을 거슬렀다.

그리고 오랜 생사결전의 경험에 비춰볼 때 이건 결코 좋은 징조가 아니었다. 더 정확히 말하자면 절대적인 위기 상황이라고 봐도 무방했다.

지이이익!

이현이 지공대사를 향해 곧바로 질주하던 신형을 강하게 멈춰 세웠다. 앞으로 내딛는 발로 강력한 진각을 일으켜서 맹렬한 신법의 속도를 늦춘 것이다.

휘리릭!

그때 지공대사가 푸짐한 승포를 휘날리며 수장을 높이 추켜올렸다.

그와 함께 모습을 드러낸 다섯 개의 손가락!

오조(五爪)!

용의 발톱을 닮은 다섯 손가락이 흡사 붓처럼 빳빳해지며 이현의 머리 위로 떨어져 내렸다.

아니다.

머리뿐이 아니었다.

일시 머리를 노리는 것 같던 용의 발톱은 순식간에 천 개의 변화를 보이며 이현의 상반신 전체로 영향력을 확대했다. 마치 다섯 개의 손가락이 수백 개로 늘어난 것처럼 변한 것이다.

'어이쿠!'

이현이 내심 비명을 지르며 진각을 일으켰던 발에 다시 힘을 가했다.

그냥이 아니다.

처음보다 족히 몇 배나 되는 힘을 일으켰다. 전신을 에워싸고 있던 은하천강신공의 기운을 발 쪽으로 일시에 몰아넣었다.

그러자 일어난 대지의 폭발!

"허어!"

막 이현의 상반신 전체를 용 발톱으로 난도질하려던 지공대사가 신형을 휘청거렸다. 설마 이현이 이런 식으로 반격을 가할 줄은 몰랐다. 맹렬한 조공으로 이현을 공격하려다 하체가 무너지는 꼴을 당해 버렸다.

슥!

그 짧은 틈을 타서 이현은 지공대사의 용 발톱으로부터 벗어났다.

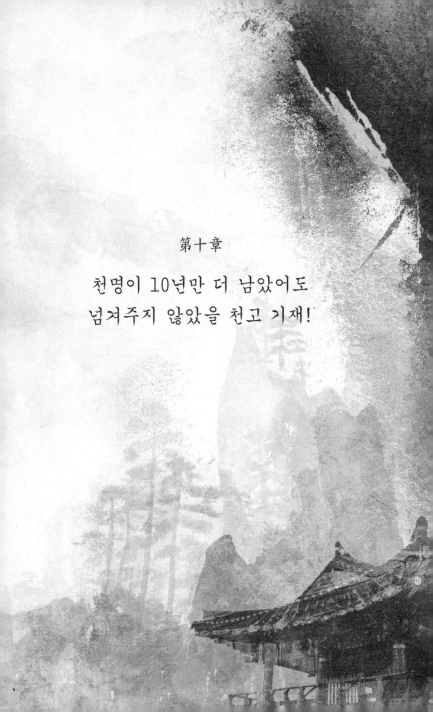

第十章

천명이 10년만 더 남았어도
넘겨주지 않았을 천고 기재!

뒤로 세 걸음.

그 뒤 다시 앞으로 돌진하는 듯하더니, 갑자기 지공대사의 옆으로 파고든다. 잠영보를 무영공공보로 바꿔서 역습을 가해온 것이다. 그러자 어느새 신형을 고정시킨 지공대사가 다시 용 발톱을 들어 올려 이현을 공격했다.

다섯 가닥의 벼락!

이현에게는 분명 그렇게 보였다.

'쳇! 모든 공격 방향이 막혔다!'

이현은 눈이 새롭게 개안되는 것을 느꼈다. 무림에 출도한 이래 이렇게 강력한 조공을 만난 건 처음이었다. 어찌 보면 백보신권보다 훨씬 상대하기 껄끄러운 무공이라는 생각이 들었다.

그러니 이제 어떻게 할까?

'후욱!'

문득 호흡을 깊숙이 들이킨 이현이 은하천강신공을 거두어들였다. 더 이상의 일진일퇴는 사양이다.

정면승부!

이현이 눈을 빛내며 무방비 상태가 된 자신을 노리며 떨어져 내리는 용 발톱을 향해 벼락같이 수장을 내쳤다.

오뢰정인!

종남파 수공의 최후 심득!

그것으로 이현은 지공대사의 용 발톱에 정면 승부를 걸었다. 은하천강신공의 호신강기까지 거둬들인 채 오뢰정인에 모든 내력을 집중시킨 것이다.

번쩍!

파팟!

오뢰정인과 용 발톱이 맞붙었다. 얽혀 들었다. 오뢰정인의 다섯 뇌섬이 다섯 개의 용 발톱과 치열하게 얽혔다가 떨어져 나오길 반복했다. 거의 백여 차례에 걸쳐서 동일한 움직임을 반복했다.

이현!

지공대사!

둘 중 어느 한 명도 반걸음도 뒤로 물러서지 않았다. 각자 오뢰정인과 용 발톱을 전력으로 펼쳐서 상대방을 제압하기 위해서 전력을 다했다.

그렇게 얼마나 시간이 지났을까?

슉!

스슉!

이현과 지공대사가 마치 약속이라도 한 것처럼 손속을 늦췄다. 치열한 공방전을 멈추고 오뢰정인과 용 발톱을 거둬들인 것이다.

이현이 눈을 빛내며 말했다.

"과연 소림사의 권법은 최고로군요!"

"패배를 인정하는 것인가?"

"패배요?"

"그래, 종남파의 마검협이 소림사의 땡추 지공에게 패했음을 인정하느냐 말이네?"

"그런 말, 부끄럽지 않습니까?"

"어째서 부끄러워해야 하지?"

"소림사와 선배의 체면을 세워주려는 후배에게 곧바로 이득을 보려 하시니 하는 말입니다."

"즉, 자네는 노납에게 패배한 걸 인정하지 않는 게로군?"

"당연하죠!"

"그럼 어쩔 수 없지."

지공대사가 다시 용 발톱을 추켜올렸다. 이현이 패배를 인정할 때까지 계속 싸우겠다는 심산이 분명하다.

이현의 어깨가 절로 들썩였다.

방금 전의 일전!

십수 년 동안 벌인 싸움 중 최고였다. 심장이 두근거리고 피가 빠르게 돌았다. 그만큼 지공대사는 막강했고, 그가 펼치는 소림사의 절학은 대단했다.

그러나 곧 이현의 머리는 차가워졌다.

눈앞의 지공대사!

다시 권각으로 싸워봤자 승부가 날 리 없다. 이미 두 사람은 모든 기량을 총동원해서 승부를 겨뤘고, 이제 남은 건 내공 대결 정도밖엔 없을 터였다.

'내 내공이 근래 환골탈태로 더욱 막강해지긴 했지만 상대는 전대 소림사의 괴물 땡중이다! 누가 뭐라 해도 구대문파 중 소림사의 내공이 최고인 만큼 내가 확실하게 이긴다는 보장은 없다!'

내심 눈을 빛낸 이현이 고개를 살짝 까닥이며 말했다.

"소림사의 권법은 충분히 맛보았으니, 이번엔 병장기로 승부를 겨뤄보는 게 어떻겠습니까?"

"그것도 좋지."

지공대사의 대답이 떨어지기가 무섭게 연화정에서 두 사람의 대결을 흥미진진하게 지켜보던 주목란이 명령했다.

"당장 십팔반병기(十八般兵器)를 가져와라!"

"존명!"

연화정 인근에 대기하고 있던 금의위 위사 몇 명이 복명과 함께 달려가더니, 곧 몇 개나 되는 병기대를 옮겨 왔다.

십팔반병기는 나라나 지역에 따라 조금씩 다르게 분류되나 명나라의 병부에서는 오잡조(五雜組)의 예를 따라 궁(弓), 노(弩), 창(槍), 도(刀), 검(劍), 모(矛), 순(楯), 부(斧), 월(鉞), 극(戟), 편(鞭), 간(鐧), 고(槁), 수(殳), 차(叉), 파두(鈀頭), 금전탈색(錦錢奪索), 백타(白打)로 분류한다.

여기서 백타란 권각법을 뜻하니, 실제로 금의위 위사가 가져온 병기대의 병기는 17종류였다. 하나같이 예사롭지 않은 예기가 번뜩이는 게 병부뿐 아니라 무림에서도 쉽사리 보기 어려운 병기들임에 분명했다.

'애초부터 이런 일이 벌어질 걸 알고 있었던 건가?'

이현이 주목란을 슬쩍 바라보자 그녀가 미소를 던지며 말했다.

"이 대가는 검을 사용하실 테고. 대사님께서도 원하는 걸 고르시지요?"

"그러겠소."

지공대사가 대답과 함께 병기대로 걸어가 대뜸 장창 하나를 꺼내 들더니, 창두를 뚝 부러뜨렸다.

"노납이 이래봬도 불가에 귀의한 몸이라 살기가 담긴 병기는 사용하기 곤란하니, 이 몽둥이로 병기를 대신하도록 함세."

'소림사의 오호란을 사용할 작정이로구나!'

이현의 눈에 담긴 기운이 조금 더 강해졌다.

오호란!

소림사의 72절예 중에서도 익히기가 지극히 어렵다고 알려진 절예 중의 절예!

특히 눈앞의 지공대사는 전대 오호란의 유일무이한 완성자로 알려져 있었다. 그 오호란을 통해 소림사를 대표하는 무적 고수의 자리를 여태까지 유지하고 있었던 것이다.

당연히 이현으로선 호승심이 끓어오르지 않을 수 없다.

무림에 나온 후 만난 최강의 고수!

그의 최강 절기와 맞붙게 되자 온몸에서 전율이 흘러넘쳤다. 종남파 조사동에서부터 시작한 운검진인과의 심상비무와 비견할 정도로 온몸이 달아올랐다.

'그런데 내가 소림사 곤법에 대해서 아는 게 있던가? 권법과 장법의 고수는 몇 명 만나봤던 것 같은데……'

이현은 문득 떠오른 의문점에 고개를 갸웃해 보였다.

소림사의 고수!

하늘의 구름이나 강변의 모래처럼 많다고 알려진 소림 고수 중에서도 곤법의 달인은 본 적이 없었다. 천하무쌍이라 불리는 소림곤의 명성에 비해서 좀 의아한 일이었다.

그래서 이현이 문득 질문했다.

"대사님, 한 가지 궁금한 게 있습니다!"

"말해보게."

"어째서 소림곤의 고수는 무림에 나오지 않는 겁니까?"

"없으니까."

"예?"

이현이 황당하다는 표정을 짓자 지공대사가 태연자약하게 설명했다.

"소림곤은 본래 당나라 황제 이세민을 소림승들이 구하면서 천하에 알려졌네. 하나 그 후 이세민은 소림곤에 능통한 소림 승들을 자신의 호위병으로 삼고서 천하제패에 나섰지. 불가의 계율을 지켜야 하는 승려에게 그딴 짓을 시키다니, 정말 못돼먹은 황제였어."

'당나라의 이세민이라면 당태종인데… 명군 아닌가?'

이현은 목연과 공부한 대목 중 역대 제왕들의 행적을 떠올리며 다시 고개를 갸웃해 보였다.

그도 그럴 것이 당태종 이세민은 정관의 치로 유명한 역대 최고급의 명군이었다. 그의 사적인 행적에는 문제의 소지가 많으나 국가를 안정시키고, 백성들을 이롭게 한 것만 놓고 보자면 현 황조인 명조의 모든 황제들을 쓰레기 급으로 만들기에 충분했다. 그 정도로 꽤나 괜찮은 황제가 바로 당태종 이세민이었던 것이다.

하물며 그 역대 최고급 황제인 당태종 이세민을 구출한 이후 소림사의 명성은 하늘을 찌르게 되었다. 그 후 현재에 이르기까지 구대문파의 중심이자 정파 무림의 태두로 군림해 왔다. 천하의 어떤 문파도 이와 같은 소림사의 역사와 명성에는 감히 견줄 엄두를 내지 못할 만큼 말이다.

그런데 지금 지공대사는 단 한마디로 소림사의 영광이나 다름없는 업적을 부인하고 있었다. 노안에 떠올라 있는 떨떠름한 표정이 겸양 따위가 아님을 알려주고 있다.

지공대사가 설명을 이었다.

"그러니 그 후 어찌 되었겠는가?"

"소림사가 당나라의 황제의 호국사가 되지 않았습니까?"

"호국사는 무슨! 당나라의 황제들은 그 후 소림곤을 이어받은 소림승들을 모조리 환속시켜 버렸다네!"

"화, 환속이요?"

"그래, 환속! 강제로 본사의 승려들을 환속시켜서 소림곤의
진수를 훔쳐가 버렸다구!"

주목란이 얼른 끼어들었다.

"당나라는 참 나쁜 황조였지요! 우리 주황실과는 달리요!"

이현이 그녀를 돌아봤다. 놀랍게도 낯빛 하나 변함이 없다.
십 년의 세월이 참 많은 걸 바꿔 놓았다.

'저렇게 뻔뻔한 여자는 아니었는데…….'

내심 고개를 가로저은 이현이 말했다.

"그래도 소림사에서 다행히 소림곤의 진수라는 오호란은
잘 간직하고 있었군요?"

"그럴 리가!"

"예?"

"오호란도 당나라 황실에 빼앗겼다네. 수만의 대군을 이끌
고 본사 앞에 진을 치고 달라니, 내어줄 수밖에."

"……."

이현은 문득 소림사에 대한 환상이 깨지는 것을 느꼈다.

장승불패의 문파!

오랜 세월 단 한 번도 패배를 허용하지 않았던 정파와 구대
문파의 태산북두가 황실 권력에 무릎을 꿇다니!

같은 무림인으로서 꽤나 자존심이 상했다. 화가 났다.

그때 주목란이 다시 끼어들었다.

"정말 나쁜 황조였어요! 그래서 난이 일어났을 때도 무림에서 전혀 도와주지 않아서 멸망을 당해 버렸죠! 하지만 우리 주황실은 태조 황제 폐하 시절부터 무림의 도움을 많이 받아서 중원을 도모할 수 있었어요! 관과 무림이 불가침하는 불문율 역시 그래서 만들어진 것이고요!"

'주 군주, 해설에도 꽤 재능이 있잖아?'

이현은 내심 고개를 끄덕여 보였다.

그녀의 목소리가 부드럽고 낭랑한 것이 귀에 쏙쏙 들어왔다. 이런 재능은 참 보기 드문 것이라 할 수 있을 터였다.

그때 지공대사가 나직이 냉소했다.

"흥!"

분위기나 태도로 볼 때 주목란의 말에 그다지 동조하지 않는 느낌이었다. 그러나 그는 반박 대신 하던 말을 끝냈다.

"그래서 오랜 세월이 지나는 동안 본사에서 소림곤의 진짜 진수를 익힌 자들은 완전히 자취를 감춰 버렸다네. 그러니 어찌 소림곤의 고수를 무림에서 찾아볼 수 있겠는가?"

"그렇군요."

이현이 고개를 끄덕여 보이고 다시 질문했다.

"그럼 대사님은 어떻게 오호란을 익히신 겁니까?"

"그건 비밀일세."

"예?"

"문파의 비밀이니 자네한테 말해줄 수 없다는 걸세. 그럼 그만 떠들고 병기나 꺼내 들게!"

"그러죠."

이현이 아쉬운 표정을 감추지 않고 병기대로 걸어가 날카로운 예기가 넘치는 진검을 손가락으로 살짝 건드리고, 그 옆의 가검(假劍)을 집어 들었다. 실전에 사용하는 진검 대신에 대련에 쓰이는 가검을 선택한 것이다.

스윽!

이현은 가검의 무딘 날을 손가락으로 훑고는 씩 웃어 보였다.

"쓸 만한 검이군."

지공대사가 퉁명스럽게 말했다.

"노납이 창을 부러뜨린 것에 대한 시위인가?"

"소림곤의 극치라는 오호란에 창날이 필요하겠습니까?"

"하면 어째서 가검을 선택한 것인가?"

"소림곤에 창날이 필요 없듯이 종남검 역시 칼날 따위에 개의치 않을 뿐입니다."

"허허헛!"

문득 너털웃음을 터뜨린 지공대사가 수중의 길쭉한 곤봉을 가볍게 휘둘렀다.

부아앙!

가볍게 휘두른 것 치고 소리가 범상치 않다. 아주 손에 착 달라붙은 것 같다.

그리고 그가 말했다.

"종남검 한번 보여주시게!"

"소림곤을 보겠습니다!"

이현이 대답과 함께 지공대사를 향해 검을 들어 올렸다. 어느새 그의 입가에 머물러 있던 미소가 흔적도 없이 사라졌다. 마치 처음부터 그런 것 따윈 존재한 적도 없었던 것처럼 말이다.

*   *   *

"소림주교(少林主敎) 이곤천하평정(以棍天下平定)!"

"소림의 곤술이 천하를 평정하리라!"

한 명의 독특한 중성적인 외모를 지닌 백의 노인이 중얼거리자 그의 뒤에 서 있던 소년이 말을 받았다.

백의 노인이 소동을 돌아보며 말했다.

"내가 한 말의 의미를 알고 대답한 것이더냐?"

"뜻만 겨우 알 뿐입니다."

"그 겨우 알고 있는 뜻에 대해서 듣고 싶구나?"

"소림주교 이곤천하평정은 얼핏 보기에 소림곤술에 대한 상징적인 어귀라 생각될 수도 있습니다. 대개의 소림곤을 익힌 자들은 그렇게 생각할 것입니다. 그만큼 단순한 요결이니까요."

"……"

"하나 제가 보기에 그것이야말로 진정한 소림곤의 극치 오호란의 핵심이라 생각됩니다. 소림곤의 기본 중의 기본이라 할 수 있는 일타일게(一打一揭)와 함께 말입니다."

"네가 일타일게도 알고 있느냐?"

"사부님께 처음으로 소림곤을 전수받을 때부터 쭉 수련하고 있습니다."

"그렇다면 그 속에 담긴 진수를 어느 정도는 파악했겠구나?"

"단지 짐작만 하고 있을 뿐입니다."

"그 짐작에 대해서 말해보거라."

"……"

잠시 고민하는 표정을 지어 보인 소년이 영민한 눈을 빛내며 말했다.

"일타일게의 핵심은 단순함입니다. 그 단순한 개개의 초식들이 하나로 연계됨으로써 일견 평범해 보이는 소림곤의 형과 식 전체를 하나로 단단히 묶어내는 것입니다. 그리고 그 끝은 각기 다른 움직임인 듯 보이던 소림곤의 형과 식을 거대한 하나의 초식으로 만들어내는 것이라 생각합니다."

"좋구나! 좋아!"

백의 노인이 소년의 명쾌한 무리(武理) 해석에 고개를 끄덕이며 즐거운 표정을 지어 보였다.

　근래 항상 안색이 어둡던 터.

　그가 이렇게 즐거워하는 모습은 참 오랜만의 일이었다.

　소년이 조심스럽게 질문했다.

　"어르신, 한 가지 질문해도 되겠습니까?"

　"물어보거라."

　"어째서 어르신께서는 절 직접 가르치지 않으시는 것입니까?"

　백의 노인이 웃음을 멈추고 물빛을 닮은 눈을 소년에게 고정했다.

　"소림제일의 고수조차 네 사부가 되기엔 부족하다고 생각하는 것이더냐?"

　"어찌 제가 감히 그런 생각을 하겠습니까? 사부님께서 전수해 주신 소림 절학은 하나같이 깊고 심원하여 제 평생에 걸쳐 고련한다 해도 다 익히지 못할 것입니다."

　"하면 어째서 그런 질문을 하는 것이더냐?"

　"단지 저는 어르신을 계속 곁에서 모시고 싶을 뿐입니다."

　"이놈! 네가 지금 노부를 걱정하는 것이더냐?"

　"……."

　소년은 대답하지 않았다.

　다만 영민하고 준수한 얼굴을 들어서 백의 노인을 걱정스럽게 바라볼 뿐이었다.

'유대유, 이 녀석은 진짜다! 노부 90 평생에 처음 만난 진정한 천고의 기재가 분명해! 만약 조금만 일찍 이 녀석을 만났다면. 아니, 노부의 천명이 10년만 더 남았다면 이 천고의 기재를 늙은 파계중 따위한테 넘겨주진 않았을 것을.'

마음속 깊은 곳에서 일어난 유감에 백의 노인은 씁쓸한 미소를 입가에 매달았다. 그만큼 눈앞의 소년 유대유가 아깝게 느껴졌기 때문이다.

그러나 그것도 잠시뿐.

백의 노인이 손을 뻗어 유대유의 머리를 쓰다듬으며 말했다.

"인석아, 너처럼 잘생긴 녀석이 환관이 되면 천하의 여자들이 얼마나 노부를 욕하겠느냐? 아니면 네 녀석은 본래 여자가 아니라 남자한테 관심이 있는 것이더냐?"

"그, 그건 아닙니다!"

"그래, 그래야지. 네놈은 외가 쪽이라곤 하나 나 노철령의 하나밖에 남지 않은 혈육이니, 유가의 대를 끊어선 안 될 것이야."

"어르신, 노씨로 개명해도 저는 괜찮습니다."

"그건 안 돼!"

단호하게 유대유에게 일갈한 검치 노철령이 엄중해진 표정으로 말했다.

"대유야, 너는 명예로운 북경 유가의 자손이니라! 대명의 위대한 황제이신 영락제(永樂帝)께서 연왕이던 시절부터 충의를 지켜온 북경 유가의 유일한 자손인 것이야! 그 점을 죽을 때까지 잊지 말아야 할 것이니라!"

"예, 명심하겠습니다. 하지만……."

"여기에 더는 덧붙일 말은 없다! 나 노철령의 시대는 곧 저물 것인 즉, 네놈은 그 후의 명조를 책임져야만 할 것이다! 노부의 말을 알겠느냐?"

"…예."

유대유가 침잠된 대답과 함께 고개를 숙여 보였다.

검치 노철령!

지난 수 대에 걸쳐서 암군과 난신(亂臣)들로 가득하던 황실과 대명의 천하를 지켜왔던 위대한 거인.

하지만 그는 늙었고, 이제 후사를 준비하고 있었다. 자신이 죽은 후 올 난세를 대비하기 위해 남은 힘과 세월을 몽땅 소진하고 있는 것이다. 소동 시절부터 그를 곁에서 모신 유대유라는 천고 기재를 키우는 것으로 말이다.

그때 유대유에게서 시선을 뗀 노철령이 신형을 다시 돌리며 담담하게 말했다.

"대유야, 이제부터 두 눈을 크게 뜨고 지켜보도록 하거라!

네 사부가 전력을 다해 소림곤의 진수인 오호란을 펼치는 모습을 말이다!"

"예!"

유대유가 대답과 함께 눈을 빛냈다.

스윽!

순간 지공대사의 하늘을 찌르듯 곧추 세워져 있던 장곤이 벼락같이 위에서 아래로 떨어져 내렸다.

일타일게!

장곤을 한 차례 내려치면 반드시 땅에 이르고, 쳐들 때에는 여지없이 머리를 지난다.

평평한 것이 조금의 조화도 보이지 않는다.

그건 흡사 평범한 농사꾼이 밭을 일구는 것과 같은데, 희한하고도 묘하다. 이 변함이 없고 우직한 동작이 오히려 교묘하기 이를 데 없기 때문이다.

'헐!'

이현은 내심 혀를 찼다.

지공대사가 일타일게의 동작으로 내려친 장곤 속에 담긴 현묘함에 잠시 경이를 느낀 것이다.

그도 그럴 것이 지공대사의 이 일격은 단순한 만큼 지극히

강했다. 이현조차 내공 대결을 꺼려했던 전대 소림의 무적 고수가 이 한차례의 동작에 온몸의 힘을 온전히 담아서 내려치고 있었다.

부아앙!

우레와 같은 소리가 인다.

그러나 사실 그보다 장곤이 더 빨리 이현에게 떨어져 내렸다.

지공대사와의 거리, 삼 장!

어느새 그의 장곤은 이현의 머리 바로 위를 선점하고 있었다. 심신을 일거에 뒤집어 놓을 듯한 경력을 잔뜩 담은 채 우직하고 단순하게 이현의 머리를 노렸다.

'보법! 장곤의 움직임 이전에 보법이 관건이다!'

이현은 전신의 모든 감각을 모조리 개방한 채 신형을 이동시켰다.

잠영보!

단숨에 장곤의 일격으로부터 멀어진다.

한데, 놀랍게도 어느새 지공대사의 장곤은 다시 이현의 머리 위에 모습을 드러내고 있었다. 거짓말처럼 이현의 잠영보를 따라잡아 버린 것이다. 하나 이현은 놀라지 않았다.

이미 이렇게 될 걸 알고 있었기 때문이다.

슥!

이현이 다시 신형을 이동했다. 역시 잠영보?

그렇지 않았다.

그는 단지 한 걸음 옆으로 신형을 움직였을 뿐이었다. 다시금 자신의 머리 위를 선점한 지공대사의 장곤으로부터 도망가는 걸 포기한 것이다. 어떠한 절세의 신법이나 보법으로도 그의 일타일격으로부터 벗어날 수 없다는 걸 직감했기 때문이다.

'하지만 굳이 그럴 필요 있겠어?'

이현이 내심 씨익 웃으며 수중의 가검을 휘둘렀다. 그러자 서늘한 기운과 함께 이현의 가검이 곧장 하늘로 뻗어 나갔다. 당연히 목표는 지공대사의 장곤!

쩡!

나무로 된 장곤과 날이 없는 가검이 부딪쳤는데, 쇳소리가 난다. 흡사 거대한 동종이 쪼개지는 듯한 굉음!

슥!

그와 동시에 이현이 지공대사를 덮쳐갔다.

잠영보!

그리고 천하삼십육검의 천하도도가 길쭉한 검형(劍形)을 만들어 냈다. 흡사 부채살 같은 검형을 만들어낸 후 각기 다양한 각도를 그리며 지공대사의 전신을 휘감아 들어갔다.

하나 그때 다시 지공대사가 장곤을 머리 위로 추켜올렸다.

부아앙!

이어서 내려친다.

이현의 천하도도의 검형 전체를 향해 직격을 가한다.

여전한 무변(無變)!

그러나 본래 변함이 없는 것이 교묘함이고, 타게가 세를 얻게 되면 이것이 곧 소림의 제법(諸法)이 된다고 했다. 우직함이 극에 이르러 만물을 제압하는 것이나 다름없다.

벽력!

대자연의 거력 앞에 맞서는 게 이러할까?

순간적으로 잠영보를 변화시키며 지공대사의 허리를 노려서 천하도도를 찔러가던 이현의 눈이 살짝 커졌다. 천하도도의 변화를 채 절반도 펼치기 전에 전신의 힘이 모조리 빨려나가는 느낌을 받았기 때문이다.

'또 이 보법! 아니, 관건은 보법의 변화가 아니라 빠르기이고, 힘이다!'

내심 소리친 이현이 재빨리 천하도도를 천하성산으로 바꿨다. 쾌와 변화에 중점을 둔 천하도도를 압도해 오는 지공대사의 장곤에 중검(重劍)에 속하는 천하성산으로 맞불을 놓은 것이다.

쩡!

다시 굉음이 일었다.

그러나 처음과는 상황이 다르다.

이현은 앞서와 달리 신형을 오히려 뒤로 물렸다. 다시 암습을 가해봤자 지공대사의 장곤에 똑같은 꼴로 반격을 당할 게 뻔했다.

그만큼 지공대사의 일타일게는 강력했다.

출종남천하마검행 동안 족히 수백 번 이상 혈투를 벌였던 이현조차 쉽사리 파훼법을 찾을 수 없었다. 마치 수천 장이 넘는 강철로 된 철벽을 만난 것 같았다.

그러자 이번엔 지공대사가 앞으로 나섰다.

스으— 팟!

여태까지와 달리 회피를 위한 움직임이 아니었다.

그는 앞으로 나섰다.

순간적으로 신형이 사라지더니, 곧 장곤과 함께 뒤로 물러서던 이현의 바로 앞에 모습을 드러냈다. 마치 공간 자체를 갑자기 뛰어넘은 것 같은 모습이다.

'역시!'

이현의 입가에 문득 미소가 떠올랐다.

출종남천하마검행의 비무행으로 다져진 몸.

승부를 걸어야할 때와 피해야 하는 상황이 언제인지를 그는 직감적으로 알고 있었다. 그리고 쉽사리 허점을 드러내지 않는 강적에게서 억지로 허점을 만들어내는 방법 역시!

스파앗!

이현의 천하성산이 순간 천하도사로 변화했다. 지공대사의 태산 같은 장곤을 정면으로 막아냈던 천하성산의 묵중한 검경(劍勁)이 삽시간에 수백 개나 되는 검기로 변했다. 실낱같이 잘게 쪼개진 검기가 지공대사의 전신을 폭발적으로 파고들어 간 것이다.

"허!"

처음으로 지공대사의 입에서 탄성이 터져 나왔다.

그제야 이현이 고의적으로 약세를 보여서 자신의 공격을 끌어냈음을 눈치챈 것이다.

그와 동시였다.

파파팍!

여태까지와 달리 지공대사의 장곤이 수차례에 걸쳐서 사방으로 내리쳐졌다. 처음으로 일타일게의 자세를 허물어뜨린 것이었다. 그러자 삽시간에 휘어지고, 꺾어지고, 튕겨져 나가는 천하도사의 검기더미들!

지공대사의 장곤은 다시 철벽으로 돌아갔다.

아니다.

이현에겐 전혀 그렇게 보이지 않았다. 그는 지공대사의 장곤이 일타일게를 포기한 순간 드러난 극히 작은 허점을 간파했다. 처음부터 목표는 바로 그 지점이었다.

스윽!

천하도사의 검기다발을 물리친 지공대사의 장곤이 다시 머리 위로 추켜올려진 것과 동시였다.

툭!

이현이 수중의 가검을 발끝으로 가볍게 찼다. 아직 남아 있던 천하도사의 실낱 같은 검기 중 하나를 골라 발끝으로 걷어 찼다.

그냥이 아니다. 경력을 담았다. 검기가 변화하는 방향을 완전히 다른 곳으로 바꿔 버린 것이다.

피잇!

순간 기괴한 방향으로 튀어나간 검기가 지공대사의 하단전을 노렸다. 더욱 정확히 말하자면 회음혈!

"고얀!"

지공대사가 노해 소리쳤다. 불법에 귀의한 승려이기 이전에 그 역시 남자임을 말해주는 반응!

그때 이현은 어느새 양다리를 길게 벌린 채 바닥에 주저앉고 있었다. 그리고 바닥을 긁듯이 스친 그의 가검이 다시 천하도로 변해 쭈욱 앞으로 뻗어나갔다. 지공대사가 노성을 터뜨린 것과 거의 동시에 벌어진 일이었다.

스으— 팟!

그러자 다시 예의 신법으로 모습을 감추는 지공대사!

'어림없지!'

이현의 눈에 신광이 어렸다.

그는 초고수다!

무학의 수준이나 깨달음은 이미 일파를 창시한 대종사 바로 밑에 도달해 있다고 해도 무방했다.

당연히 초식의 운용은 단 하나도 버릴 게 없다.

모든 걸 계산해서 사용한다.

특히 지공대사와 같은 강적을 만났을 때는 더욱 그렇다. 그렇지 않다면 어떻게 그 많은 대결에서 전승을 거둘 수 있었겠는가. 이번 역시 마찬가지였다.

그는 처음부터 지공대사의 소림곤법보다 신법에 집중하고 있었다. 평생 처음 보는 신법의 움직임을 파악하지 않고선 결코 이 승부에서 이길 수 없으리라 여긴 것이다.

그리고 바로 지금!

드디어 지공대사의 허점을 찌르는 데 성공했다.

그가 다시 신묘한 신법을 펼쳐냈다.

여전히 파악 불가능한 움직임!

그래서 이현은 눈을 감았다.

생사결전 중에 눈을 감고 기감을 최대치로 응축시켰다. 자신이 있는 반경 삼 장 가량으로 기감을 응축해서 공기의 미세한 흐름까지 파악할 수 있을 만큼 감각을 예민하게 만든 것이다.

'저기다!'

이현은 자신의 응축된 기감이 파악해 낸 대기의 변동을 향해 검을 날렸다.

피잇!

이번 역시 천하도도! 그러나 앞서 두 번과 위력이 다르다.

순간적으로 가검에서 일어난 검형이 검기처럼 쭈욱 늘어나더니, 섬전 같은 속도로 아무것도 없는 공간을 찔러갔다.

"으헉!"

그러자 기다렸다는 듯 터져 나온 신음!

씨익!

여전히 눈을 감고 있던 이현의 입가에 만족스러운 미소가 번져 나왔다. 굳이 눈을 뜨지 않아도 알 수 있었다. 자신이 지공대사를 이겼다는 걸.

                    *   *   *

"허허, 설마 이런 결과를 보게 될 줄이야!"

"어르신, 사부님의 금강부동보가 깨졌습니다!"

"금강부동보가 깨진 건 아니니라."

"하지만……."

"금강부동보가 깨진 게 아니라 네 사부가 마검협에게 패배한 것이니라."

"…그 둘 사이에 무슨 차이점이 있는 것인지 저는 잘 모르겠습니다."

"벌써부터 그런 걸 안다면 재미가 없지 않겠느냐?"

"예?"

"일단 노부와 함께 가보도록 하자꾸나. 이미 우리의 존재를 저 두 사람한테 들킨 것 같으니 말이다."

"예!"

유대유의 대답이 떨어진 순간 검치 노철령이 그의 뒷덜미를 낚아채고 신형을 날렸다. 여태까지 두 사람이 서 있던 구층 높이의 목탑 위에서 뛰어내린 것이다.

＊   ＊   ＊

쩌억!

갑자기 둔탁한 소리를 내며 두 동강 나버린 수중의 장곤을 바라보며 지공대사가 씁쓸한 표정을 지어 보였다.

'장강의 앞 물결이 결국 뒷 물결에 밀리게 된 것인가! 설마 후배 중에 내 몽둥이를 부러뜨릴 만한 녀석이 나올 줄은 몰랐구나! 후일 대유 그 녀석이 큰 후에나 가능한 일일 거라 생각했었거늘……'

내심 자신의 제자 유대유를 떠올리며 고개를 가로저은 지공대사가 수중의 장곤을 바닥에 내동댕이쳤다.

투툭!

"제법이구나! 그럼 다시 시작해 볼까?"

대뜸 용의 발톱을 만들어 보이는 지공대사를 향해 이현이 갑자기 손을 들어 보였다.

"맨손으로는 안 싸워요!"

"너는 검을 쓰면 되잖느냐?"

"싫은데요?"

"왜?"

"내가 이래 봬도 마검협인데, 무기도 들지 않은 노인네를 괴롭혔다는 말은 듣고 싶지 않거든요!"

"고얀 놈! 그런 말은 이 땡중의 용조수(龍爪手)를 부순 후에나 하거라!"

'아! 저게 바로 용조수였구나!'

이현은 내심 눈을 빛냈다. 소림사 72절예 중에서도 익히기가 무척 까다롭다고 알려진 용조수의 명성은 익히 들어봤지만 과연 명불허전이었다. 검을 들고 싸운다 해도 쉽사리 저 막강한 조공을 부수긴 쉽지 않을 것 같았다.

그러나 이현은 이미 지공대사의 최고 절기 중 하나인 금강부동보를 깨뜨렸다. 처음 만났을 때는 당황했으나 이제는 크게 신경 쓰이지 않았다. 이미 금강부동보의 약점을 간파한 만큼 몇 번을 싸운다 해도 결과는 똑같을 것이 뻔했기 때문이다.

이현이 조금 퉁명스럽게 말했다.

"그래 봤자 소용없어요! 저는 더는 싸우지 않을 작정이니까요!"

"어째서 그러느냐?"

"그걸 몰라서 묻는 겁니까?"

"……"

살짝 비난기가 섞인 이현의 말에 지공대사가 언제 화난 표정을 지었냐는 듯 멋쩍은 표정이 되었다. 마치 뭔가 켕기는 구석이 있는 것 같다.

'쳇! 역시 그런 거였군.'

이현이 내심 혀를 찼다. 지공대사와 자신 간에 벌어진 갑작스러운 비무가 처음부터 예정돼 있다는 걸 깨달았기 때문이다.

『만학검전(晩學劍展)』 6권에 계속…

초대형 24시 만화방

신간 100%, 샤워실, 흡연실, 수면실(침대석), 커플석, 세탁기 완비

▪ 광명 광명사거리역점 ▪

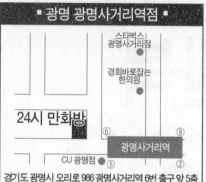

경기도 광명시 오리로 986 광명사거리역 6번 출구 앞 5층
02) 2625-9940 (솔목타워 5층)

▪ 강북 노원역점 ▪

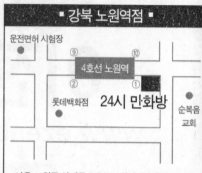

서울 노원구 상계동 340-6 노원역 1번 출구 앞 3층
02) 951-8324 (화용빌딩 3층)

▪ 일산 정발산역점 ▪

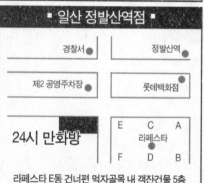

라페스타 E동 건너편 먹자골목 내 객잔건물 5층
031) 914-1957

▪ 일산 화정역점 ▪

경기도 고양시 덕양구 화정동 984번지 서일빌딩 7층
031) 979-4874 (서일사우나 건물 7층)

▪ 부천 역곡역점 ▪

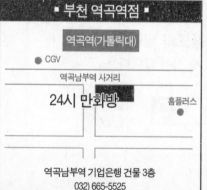

역곡남부역 기업은행 건물 3층
032) 665-5525

▪ 부평역점 ▪

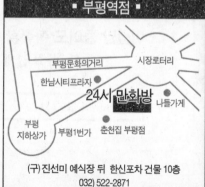

(구) 진선미 예식장 뒤 한신포차 건물 10층
032) 522-2871